墨娘

摸西摸西 著

目次
CONTENTS

楔子－前世今生

那年，她受到鄉民愛戴，每每漁民出海歸來，她總是提著燈籠站在懸崖上，照亮漁民歸途。一年三百六十五天，漁民歸來那日，總會看見她手提燈籠，為海上漁民點亮回家的道路。

曾有人詢問她這麼做的原因，也問她為何能堅持這麼長時間。

她如此回答道：「當我站在懸崖上眺望大海，我便想起在海上的家人。若是我能為我的家人做點事，同時也能照顧到漁民們的安全，我很願意這麼做，而我，也不會因此感到疲憊。」

「默娘，妳已經站在這裡好幾個時辰，再繼續下去妳的身體會承受不住的，快去休息吧！」其中一位守護神千里眼一臉擔憂地看著默娘。

另一旁的順風耳也是一臉憂心匆匆，很擔心默娘會因為體力透支而倒下。

然而，默娘只是莞爾一笑，平淡地說：「我可以靠靈力修復，沒事的。爹爹與兄長就快回來了，我必須照亮他們回家的道路。不如你們先去休息吧，我再等會兒，待我瞧見船隻再呼喚你們，如何？」

「不行不行，我們是默娘的守護神。倘若妳出事了，我們也沒好下場。」順風耳著急地說。

眼看千里眼與順風耳都堅持留下來陪伴她，默娘也不勉強他們離開，何況，她覺得有他們伴在身側，她也安心許多。

默娘望向遠方，眼角餘光注意到沙灘上有一條擱淺的水蛇，而牠的模樣看起來不太對勁。

「我下去一趟，你們在這裡待著，我馬上就回來。」默娘將手中的燈籠遞給千里眼。

「默娘？默娘妳下去做什麼啊？」千里眼朝著默娘的背影大聲呼喚。

奈何默娘腳程飛快，再加上擔心水蛇的狀況，默娘根本沒聽見千里眼的呼喚。

千里眼與順風耳對望一眼，最終還是默默跟上默娘，想著或許默娘需要幫忙。

默娘來到沙灘，走向擱淺在沙灘上，奄奄一息的水蛇。

她小心翼翼地伸出手試圖碰觸水蛇，水蛇仍殘留微弱意識，牠防衛地縮起身體，目光凶狠地看著默娘，更朝著默娘吐舌威嚇。

慢一步來到沙灘的千里眼與順風耳，看到水蛇雖然虛弱，卻仍對試圖接近牠的人抱有強烈的警覺心。

生物的生存意識強盛，千里眼與順風耳也不禁心軟。

「默娘，妳會救牠吧？」順風耳問。

「會。」默娘毫不猶豫地說。

語畢，默娘邁步上前，不顧水蛇不斷朝牠吐舌示威，她仍舊走到水蛇面前，蹲下身，輕聲說道：「沒事的，我是來幫你的。」

默娘神情柔和，向水蛇釋出善意。水蛇似乎受到默娘的影響，感知到默娘並未帶著敵意，而是想幫助自己，牠也降低戒心，以最後一絲力氣伸長脖子，頭輕輕撞上默娘的手臂。

默娘熟練地操控靈力，掌心貼上水蛇的身軀，將靈力注入水蛇體內。

水蛇的身軀被光芒包覆，不久，光芒集聚為一點，最終消失殆盡。

恢復精神的水蛇，睜著水汪汪大眼，不斷以頭磨蹭默娘掌心。

看見牠恢復精神，並以可愛的模樣不斷向自己示好，默娘臉上不禁露出笑容，「你在向我道謝嗎？哈哈，好癢啊，哈哈——」

默娘開心地笑著，一旁的千里眼與順風耳看到默娘與水蛇玩得很愉快，他們也吵著要與水蛇玩耍。

玩得正起勁的時候，默娘注意到有船隻逐漸往岸邊靠近。

「爹爹他們回來了！」默娘的語氣難掩喜悅。

她輕輕捧起水蛇，抱在懷中，緩緩走向大海。

雙腳踏入水中，在水深到達小腿肚的位置時將水蛇放入大海。

回到海中的水蛇，在默娘的腳邊游了一圈又一圈，最後探出頭，望著默娘，眼神中透露出牠對默娘的感謝之意。

「以後要小心些，別太靠近岸上了。」

默娘說完話，水蛇便悠悠然地游走了。

「默娘，船隻越來越靠近了！」順風耳的聲音在默娘的腦海中出現。

「好，我馬上過去。」默娘也在腦中回應他。

離開海中，默娘快步往山崖上走去。因為走得著急，她沒有注意到那條被她所救的水蛇從海中探出頭，目光緊緊盯著她。

數百年後——

年幼的沈墨晗坐在客廳的木椅上，瀏覽厚重的祖譜。

這本祖譜是方才沈墨晗從母親衣櫃中翻找出的，她只當作好玩，閒來無事，就拿出來隨意翻閱。

她看了許久，沈家從清朝開始，代代從事與占卜、風水相關的工作。

然而，沈家似乎被下了詛咒，沈家歷代的孩子當中，只要身上出現特殊胎記，那個孩子最多活不過二十歲。

詭異的是，那些擁有胎記的孩子通通都是女生。無論病死或是死於意外，沈家女子就是莫名早逝。擁有胎記的孩子並不是每一代都會出現，但是，一旦有孩子出現胎記，家族內部便會人心惶惶。

因為孩子稀少且珍貴，因此沈家也格外疼惜孩子，願意花更多時間、金錢栽培孩子。

不幸的是，沈家到了沈墨晗這一代，再次出現擁有特殊胎記的孩子。那個孩子，便是沈墨晗。

消息傳遍沈家，擁有胎記的孩子誕生對於沈家而言一直是種不幸的徵兆。嫁進沈家前，沈母也已知曉沈家難以解釋的現象。如今真的遇到這種狀況，沈母沒有陷入悲傷的情緒，而是下定決心，要好好養育沈墨晗。

然而，沈家大長輩依然擔心擁有特殊胎記的孩子誕生會導致家族不幸。

沈家長輩建議沈母將孩子送走，但是沈母認為，這個孩子是她懷胎十月所誕下的孩子，是她的骨肉，何況，這也許不是不祥的徵兆，或許是沈家改變的開端。

興許這個孩子，能夠改變沈家的未來。

沈母產下的兩名嬰兒，先出生的是姐姐，取名沈墨晗；後出生的是弟弟，取名沈墨誠。

姐姐沈墨晗天性活潑、不怕生，嬰兒時期可讓沈母費了一番心力；弟弟沈墨誠天性文靜，極少哭鬧，相較姐姐，照顧他省事許多。

沈墨晗出生時，她的左手臂上便有一個形狀宛如花苞的胎記。隨著她漸漸長大，花苞的模樣也隨之改變，神奇的是，花苞竟然在慢慢盛開。

幾年過去，沈墨晗已然十八歲，考上理想大學，準備開始她的大學生活。

而故事，也從此刻開始。

命運的輪軸早已在不知不覺間開始轉動……

第一章—盛開的蓮花

沈墨晗出身於K市C區，是個靠海的村落。當地居民大多從事漁業，養殖漁業、近海、遠洋漁業樣樣具備。

當地的溼地每年都會吸引候鳥在此休憩，熱愛賞鳥的民眾或者專業的攝影師，都會攜帶攝影機前去拍攝候鳥駐足覓食的畫面。

因沈家自清朝起便開始從事與風水、算命、命理有關的行業，沈墨晗自幼在這種氛圍下長大，國中時，父母立志將她培育成下代傳人，成為命理師。

但沈墨晗是個好動的孩子，她從不相信什麼妖魔鬼怪，更別提讓她去解籤、算命，她毫無興趣，也完全不打算碰觸。

誰說家族事業必須持續傳承，她就想走出自己的路，想過上與家族長輩不一樣的生活。

沈家大長輩始終認為沈墨晗是個被詛咒的孩子。但，沈母卻堅持，她不會放棄自己的孩子，沈墨晗、沈墨誠一個都不能少。

這一年，沈家姐弟成為大學生，沈墨晗選擇就近讀書，在鄰近K市的N市讀書，弟弟沈墨誠則北漂，到C市讀書。

大學開學典禮，大一新生沈墨晗，緊張地坐在塑膠椅上。台前師長說的話她一句也沒聽進去，倒是把身旁談論八卦的同學所說的話都聽進耳裡。

「誒，妳有聽說洛千、洛風這兩位學長嗎？聽說兩個人長得英俊瀟灑，是校園男神耶！」

「我知道、我知道！我就是為了他們才拚死拚活考上S大，帥哥就是我的精神糧食，太美好了。」

偷聽同學對話的沈墨晗，默默記下洛氏兄弟檔的名字。

她並不是想向洛氏兄弟搭訕才記下他們的名字，只是很好奇同學口中的校園男神究竟是何方神聖。

懷著少女情懷的沈墨晗，夢想可以交個帥哥男友，過去的她確實結識了一、兩個美男級的男友。但，詭異的是，跟她交往的男生下場都不太好。不是生重病，就是發生嚴重意外，人家美男都被她嚇跑了！

沈墨晗在心中偷偷拭淚，她追求的感情很簡單，但難度太高，不知道什麼時候才能結交到一個能長久走下去的男友……

她的遭遇實在太悲慘了，她都不知道該怎麼安慰自己。

正因如此，她並不期待大學四年談一場轟轟烈烈的愛情，對她而言，專心顧好課業，選擇一個感興趣的社團，平淡度過大學四年即可。

開學典禮結束，沈墨晗順著人流離開大禮堂。掏出手機，翻找相簿，找尋事先截圖的校園地圖。

沈墨晗就讀台文系，其實當初她想要選擇中文系的，但因為分數不足，所以她便先選擇與之相近的台文系，決定一年級結束後再考慮是否要轉系。

她在S大沒有認識的同學，高中同學大部分都到中、北部讀書，唯一留在南部的同學也分散在各處，她的閨蜜甚至飛到離島讀書，她都不知道什麼時候才能再見到閨蜜。

沈墨晗循著地圖找尋上課的教室，「這裡的路線怎麼這麼複雜？教室到底在哪？」

「不好意思，請問妳是沈墨晗嗎？」

原本低頭研究地圖的沈墨晗，聽到有人呼喚她的名字，她反射性地抬起頭，面露微笑，「是，我是沈墨晗……咦？」

沈墨晗的身體僵住，她低下頭，進入S大校網，滑到最上層的公告，仔細盯著上頭的照片，再抬起頭觀察眼前的兩位帥哥……結論，根本一模一樣！

不只如此，照片底下標示洛氏兄弟——洛千、洛風。如此一來，站在她眼前的不就是方才同學們口中的校園男神！

「洛、洛、洛學長。」過於緊張，沈墨晗說話都結巴了。

「哈哈，不用那麼緊張啦，我們是有事才來找妳，不是故意嚇妳的。對了，忘了先做自我介紹。妳好，我是洛千，這位是洛風。」

洛千彬彬有禮的模樣，配上迷人的笑容，不心動，她的心臟絕對是出了問題。

「請問兩位學長找我有什麼事？」沈墨晗小心翼翼地問。

沈墨晗想不透兩位學長為何找上自己。今天是他們第一次見面，在那之前，她根本不認識洛氏兄弟，她想他們也是如此。

洛千正打算開口，但身為校園男神的洛氏兄弟突然出現，目擊的女學生們馬上蜂擁上前，往他們所在的方向奔馳而來。

「洛千學長！」

「啊——洛風學長今天也好帥啊！」

沈墨晗的臉色越來越蒼白，她有預感，她等會兒絕對會深陷人海當中，最慘的結果，她可能會變成地墊，被瘋狂的女粉絲踩在腳下。

一想到那個驚悚的畫面，沈墨晗不禁打了冷顫。

洛千的臉色沉了下來，他不禁咋舌，「風，分開行動，到『那裡』集合。」

「知道了。」洛風輕聲回應，接著人就跑了起來。速度飛快，那些女粉絲根本追不上他。

沈墨晗還在原地發楞，倏忽，她的手被洛千牽起，「因為我們兄弟倆造成墨晗學妹的困擾，真是抱歉。不過別擔心，由我帶妳離開，很快就沒事了。」語畢，洛千牽著沈墨晗的手拔腿狂奔。

沈墨晗不擅長跑步，但不知為何，她竟然能夠跟上洛千的速度，她甚至懷疑她不是在跑步，而是飛行！

女粉絲們被甩在後頭，跟不上洛千他們的速度，也自動放棄追逐下去。

洛千帶著沈墨晗進入一棟大樓，走到走廊盡頭，推開一間辦公室的門進到裡頭。

「呼——我還是無法適應女生的熱情。」洛千抬手抹去額上的汗水。

沈墨晗驚魂未定，開學第一天就差一點變成腳下亡魂，實在太刺激了！

「謝謝學長的幫忙。」沈墨晗回過神後就先向洛千道謝。

洛千搖搖頭，一本正經地說：「保護妳是我的職責所在。」

「職責？」沈墨晗不解，她不懂洛千方才那句話的意涵。

洛千則是笑而不語。

沈墨晗直覺認為洛千肯定認識自己，但是她沒有依據，對洛千也沒印象。

她很好奇，洛千與洛風為何會主動接近自己？

沈墨晗環顧這間辦公室。室內只有一張沙發、辦公桌，牆面掛著幾幅女生的畫像，每個人看起來都很年輕，大約十七、八歲，與她的年紀差不多。

洛千坐到沙發上，翹著腿，雙手隨興地攤在椅背上，閉目養神。

沈墨晗其實想要離開這裡，今天下午她還必須整理行李，一個人在外租屋，她的行李還沒收拾好。倘若繼續耗在這裡，也不知道何時才能整理出睡覺的空間。

「沈墨晗。」

沈墨晗正在思考該如何向洛千表示自己有事要先離開，突然感受到肩上多了一股重量，還有依附在耳邊的呼喚聲，她整個人嚇到身體劇烈顫抖了一下，「啊！」

她轉過身，看到站在她身後摀住耳朵的洛風。他皺著眉，神情有些難受，「下次要尖叫可以提前說一聲嗎？耳膜要破了啦！」

莫名被責備的沈墨晗，挑起眉，不悅地說：「我會尖叫也是因為被學長嚇到，怎麼怪到我頭上了？」

洛風放下摀住耳朵的雙手，挑起眉，說：「確實是我的不對，我道歉。但，還是請妳別胡亂大吼大叫，恐怕下次我的耳膜真的要破了。」

既然洛風道歉了，沈墨晗覺得自己也該為方才大驚小怪而道歉，「抱歉，我下次也會注意音量的。」

洛風擺手，表示自己沒放在心上。接著，他走到洛千面前，隱約聽到洛千的鼾聲，他蹙眉，抬起腳，朝著洛千的小腿用力一踹。

「啊！很痛耶！」洛千哀號一聲，睜開眼睛，看到站在面前的洛風，即使被抓包，他依然神色淡定地說：「原來是風啊。」

「因為某人，我耳膜差點就破了，你竟然還敢給我睡覺？」洛風狠狠瞪著洛千。

洛千這才尷尬地笑了笑，「抱歉抱歉，見到默娘太高興了，一個不注意就出現在眾人面前。風，我這裡有一副學姐送給我的藍芽耳機，聽說是高檔貨，音質應該不錯，我就大發慈悲送給你好了。」

洛風一臉嫌棄地說：「不必，我自己一堆。」

沈墨晗聽著洛家兄弟的對話，滿頭問號地站在原地。

她剛剛好像聽到洛千說「見到默娘太高興」這句話。奇怪了，默娘是誰？這裡沒有人的名字叫默娘啊！

「墨晗學妹……墨晗學妹！」

回過神的沈墨晗，發現眼前出現一隻手，不停地在她面前晃來晃去。

「怎麼了嗎？」沈墨晗眨眨眼，問道。

洛千瞇著眼，打量著沈墨晗，「墨晗學妹，妳都沒有問題想問我跟風嗎？妳就不怕我跟風對妳做什麼壞事？」

聞言，沈墨晗才後知後覺地退後一大步，警戒地看著洛千，「所以你們找我到底有什麼事？」

洛千壞笑了笑，緩緩伸手靠近沈墨晗。情急之下，沈墨晗從背包側邊的袋子中掏出一罐東西，按下開關，朝著洛千的臉猛噴。

洛千的臉被不明噴霧噴得整張臉都是，眼睛也被濺到，雙眼刺痛的感覺逼得他迅速退開，捂著雙眼，嘴裡不斷吼叫，「我的眼睛好痛，要瞎了，真的要瞎了啦！」

沈墨晗慌慌張張地從背包內翻找出面紙，轉開瓶口，倒出水讓面紙沾溼，然後將溼面紙塞進洛千手中，「快，用這個擦一下吧。」

洛千馬上拿起沾溼的面紙擦拭自己的眼皮，沈墨晗又塞給他一張，經反覆擦拭，刺痛感終於緩解。

「啊，真的超痛的。」洛千的語氣帶著哭音。

眼看洛千如此痛苦，沈墨晗也興起一絲愧疚，「我以為你要對我毛手毛腳，所以才拿防狼噴霧防身……學長，你現在覺得如何？還很痛嗎？」沈墨晗擔憂地看著他，她真的很擔心自己不小心把校園男神洛千搞成瞎子。

刺痛感消失後，洛千緩緩睜開雙眼，「沒事，我的眼睛好著呢。」他頓了一下，神情有些受傷，「但是妳怎麼會覺得我是變態呢？我的形象多好，是男神耶，怎麼就成了妳口中的變態了？」

沈墨晗尷尬地笑了笑，「哈、哈哈，我現在知道你不是變態了。」

「唉——」洛千輕嘆一口氣，接著一個冷眼掃向一旁低著頭，身軀不停顫抖的洛風，「風，別以為我沒看見你在偷笑！」

洛風也不打算隱瞞，更肆無忌憚地放聲大笑，「哈哈哈——變態，千，你被默娘當成變態了，哈哈哈——」

洛千差一點吐血，他的兄弟不僅不打算幫他解開誤會，甚至還出言調侃他？

「風，我知道你眼睛不太好，但你應該也看得出來我是想關心墨晗。」

「我只看到你伸出狼爪。」洛風一本正經地說。

洛千的眼角抽搐了幾下，他垂下頭，一臉沮喪地看著地面，「連風都這樣對我……我的心破了一個洞。」

「噗哧——」

沈墨晗一時沒忍住，來不及掩嘴，就這樣笑出聲來。

她還真不知道，原來S大男神也會套用廣告用語啊！

洛千看到自己被取笑，氣急敗壞地說：「墨晗學妹，我已經很沮喪了，妳還嘲笑我嗎？我看我跟風乾脆不要保護妳好了。」

洛千的這一席話令沈墨晗止住笑意，取而代之的是滿臉疑惑，「保護我？為什麼你們要保護我？今天是我們第一天認識，認識第一天就說要保護我，真的很奇怪。」

繞了老半天終於回到正題。

洛風神態自若地走到沈墨晗面前，以迅雷不及掩耳的速度抓住沈墨晗的左手臂，將左手袖子拉到最高。

沈墨晗差一點大喊變態，但在看到自己左手臂盛開的蓮花後，她驚訝地說不出話。

早上出門的時候她就隱約覺得手臂胎記的位置有股溫熱感，但她沒有多加留意。現在一瞧，她忍不住驚呼，「這、這是怎麼回事！」

左手臂上的蓮花胎記不知何時已全然盛開，花瓣盡數張開，小巧的花蕊清晰可見，上頭似乎還沾著一點粉墨。

「這一天還是來了。」洛風感嘆道，臉色十分難看。

沈墨晗著急地問：「洛風學長，你早就知道我手臂上有蓮花胎記嗎？學長，你可以告訴我，我的手臂上究竟為何會有蓮花胎記嗎？花朵綻放後會有什麼下場嗎？」沈墨晗覺得胎記的位置愈發灼熱，她的手臂彷彿要被燙傷了。

不遠處的洛千也看見盛開的蓮花，他眉頭深鎖，表情凝重，開口道：「風，時間不多了。」

洛風頷首，伸出雙手扣在沈墨晗肩上，嚴肅地說：「墨晗，接下來我說的話妳可能一時之間無法接受，但，我說的話句句屬實，同時，也是我跟洛風出現在妳面前的原因。」

聽洛風一說，沈墨晗也愈發緊張，「所以到底是什麼事，你快說啊！」

洛千和洛風對看一眼後由洛風開口道：「沈墨晗，妳是媽祖轉世，而我和千正是妳的守護神。」

「妳……是我和千必須保護的對象。」

聽到洛風說的話，沈墨晗傻愣在原地，內心七上八下，險些對著洛氏兄弟罵出「神經病」。

「不好意思，學長你應該是傳說故事看太多，再加上腦袋出了點問題所以才會胡言亂語，對吧？」沈墨晗露出標準的笑容，心裡真把洛氏兄弟當成可疑分子。

「他們是傳教士嗎？我是不是該慶幸他沒有問我要不要信教？」沈墨晗心想。

洛風的臉上已經掛上三條線。念在沈墨晗是他們苦苦等候多年的轉世者，恐怕他現在就忍不住怒意對著沈墨晗破口大罵了。

「墨晗學妹，風方才所言都是真的。我跟風早就知道妳手臂上的蓮花胎記。還有，妳是大一新生，照理說我們今天是第一次見面，但我跟風卻叫得出妳的名字，妳不覺得奇怪嗎？」洛千站到洛風面前，表情真摯地看著沈墨晗。

沈墨晗對於洛氏兄弟所說的話仍是無法置信。她是媽祖轉世？這真的太扯了。但洛氏兄弟能夠在看到她的第一眼就喚出她的名字，還有，他們還知道她手臂上的胎記。名字就算了，知道她手臂胎記的人肯定是對她有一定了解的人，因此，即使不信，也不得不相信洛氏兄弟所說的話。

「明明是初次見面，卻叫得出我的名字，更知道我手臂上的胎記，但是，為什麼是我？難道就因為我手臂上有蓮花胎記，所以我就是媽祖轉世？」沈墨晗覺得自己有種強迫中獎的感覺。

洛千回答道：「那個胎記確實就是個記號，還有，我跟風也不是第一次見到妳，所以我們才認得出妳，叫得出妳的名字。」

聞言，沈墨晗不禁挑眉，「我們什麼時候見過面了？」她對此事完全沒印象。

「從妳出生的那一刻開始，我和千就已經守在妳身邊。也就是說……」

「所以你們待在我身邊十八年！」沈墨晗恍然大悟，「所以你們真的不是人啊！」

洛千雙手一攤，無奈地說：「當然不是。我們是神，是妳的守護神。既然妳是媽祖轉世，那妳應該猜得出我們是誰吧？」洛千一臉期待地看著她。

倘若她真的是媽祖轉世，媽祖身旁的兩位神明沈墨晗還是知道的。

「所以……你們是千里眼……」沈墨晗看著洛千，「然後你是順風耳？」她的目光又飄向洛風。

「答對了！恭喜妳終於答出正解，可惜答對沒獎勵。」洛千笑著說。

沈墨晗扯了扯嘴角，「哈哈，那還真是可惜。」

記得五歲時知道自己活不過二十歲的時候，沈墨晗有多難過，抱著沈母一直問著為什麼是自己。如今，她在大學入學第一天被告知自己是媽祖轉世……老實說，沈墨晗已經不知道該如何描述她此刻的心情。

她想進一步追問，為什麼是自己？世上人類這麼多，為什麼就是她中獎了？

看沈墨晗低垂著頭，神情落寞的模樣，洛風於心不忍，開口道：「我知道妳現在腦中很混亂，會覺得我們在胡說八道，但危險已經向妳襲來，妳的時間也所剩無幾，希望妳能夠趁早認清事實，接受自己的命運。」

命運？她真的要屈服於命運嗎？

「我需要時間思考，請你們給我一點時間。」沈墨晗情緒低落地說。

「嗯，那妳今天就先回去休息好了。」洛風轉頭朝著洛千挑了挑眉。

洛千接收到洛風的訊息，一手搭在沈墨晗肩上，說：「墨晗，我幫妳帶路吧。」

「可是，如果在路上遇到學長的女粉絲……」沈墨晗還真的很怕遇到洛氏兄弟的女粉絲，何況她現在累了，不想被那些女粉絲糾纏。

「沒事的，我有本事不會被她們糾纏，相信我吧！」洛千自信地說。

沈墨晗思忖半晌，最終還是答應洛千，由洛千帶著她離開辦公室。

走出大樓的路上，沈墨晗反覆思索洛風最後說的那句話。如果她真的是媽祖轉世的話，會發生什麼事嗎？還有她手臂隨著年齡增長而改變樣態的蓮花胎記，為何洛氏兄弟一見便眉頭深鎖，還說時間所剩無幾？

「洛千學長，我的時間究竟還剩多少？我……還能活多久？」沈墨晗問。

洛千嘟嘴，雙手扶著後腦杓，「洛千知道，但洛千不能說。」

「為什麼不能說？這難道有什麼禁忌嗎？」沈墨晗急了，因為她想知道自己還能活多久。身為沈家擁有特殊胎記的孩子，她知道自己活不過二十歲，如今她已經十八了，只剩兩年的時間，但是她還有很多事想做，還有夢想想實現。

洛千瞥了她一眼，語氣百般無奈，「妳不是不相信我跟風說的話嗎？既然如此我為什麼要跟妳說？」

沈墨晗被堵得說不出話。

畢竟是自家主子，主子不高興，身為守護神的洛千心裡也不好受，「妳能活多久我也說不準，但是我能告訴妳該如何保護自己。」

洛千停下腳步，沈墨晗也跟著停下步伐。

洛千伸手拉過沈墨晗的左手，將手掌覆在左手臂的位置。胎記處隱約發燙，透過衣服，傳遞到洛千手上。

「墨晗學妹，妳千萬要記住我接下來說的話。自蓮花完全綻放的今日開始，妳就不再安全。以後外出遇到陌生人能避開就避開，我跟風會盡全力保護妳，但百密總有一疏，無法保證妳不會出事。」洛千一臉嚴肅地說。

洛千如此嚴肅地警惕自己，沈墨晗也繃緊神經。

她不願屈服於命運，然而，命運卻老愛捉弄人，危機說來就來……

與洛千分開後，她在校園繞了幾圈，時間到了就去上課，下課了，也到了回家的時間。

沈墨晗離開學校時，天空已染上橘紅色，成群結隊的鳥兒似乎也正準備踏上歸途，自由地翱翔天際。

沈墨晗的租屋處離學校有一段距離，沈墨晗還沒考到機車駕照，但是學校外就能租到腳踏車，她決定在拿到駕照前都先靠著腳踏車上下學。

騎了十多分鐘，停妥腳踏車後，沈墨晗又得靠著雙腳走大約五分鐘的時間才能抵達租屋處。

原本只是悠閒地走著，到了最後卻越走越急，甚至變成小跑步。

從方才開始她就覺得有人在跟蹤自己。沈墨晗固然慌張，卻要裝成若無其事的模樣。

然而，後方跟蹤她的人似乎有所察覺，移動的速度也跟著提升。

到了最後，沈墨晗索性開始奔跑。

在奔跑的過程中，沈墨晗手裡緊緊握著防狼噴霧，若是真的被後方的人追上，她起碼還能以此保護自己。

沈墨晗捨棄逃回租屋處的想法，因為想進入租屋處還得先解鎖，她怕自己在解鎖的時候跟蹤狂便趁機攻擊她，因此她選擇來到租屋處後方的一片空地。

來到空地後，沈墨晗停下腳步，豎起耳朵仔細傾聽周遭的聲音。

一聽見腳步聲靠近，她毫不猶豫地轉過身，按下手中防狼噴霧的開關，也沒看清楚那人的長相，就只是胡亂噴灑。

「啊——這什麼東西啊！」

對方發出痛苦的哀嚎，沈墨晗見防狼噴霧發揮功效，她停止噴灑，慢慢向後退，與對方拉開距離。她也看清楚對方的長相，只看一眼，她差一點嚇暈。

對方的臉上長著三顆眼珠子，吐著長長的舌頭，牙齒尖銳無比，而且身形起碼有兩尺高。

她臉色發白，身體止不住顫抖。內心想著要趕緊逃離現場，但卻因為過於恐懼，雙腳一軟，癱坐在地。

「完了。」沈墨晗心想。

癱坐在地的沈墨晗抱著最後一絲希望，隨意拾起地上的東西，撿到什麼就往面前的怪物扔擲。

「可惡，妳這臭丫頭竟然敢這樣對待本大爺！太可惡了，真是太可惡了！」三眼怪物痛苦地摀著自己的眼睛，口中唸唸有詞。

他的聲音粗劣，有一種磨牙時的尖銳刺耳聲，令沈墨晗打從心底感到不舒服。

「默娘，我找妳找得很辛苦啊！」怪物猛然睜開大眼，凶神惡煞地盯著沈墨晗，步步接近她，「過去，我被妳擊退後，被關入牢獄整整五百年才終於回到這片土地。聽說妳再度轉世成人，妳說我該如何對付妳呢？」

沈墨晗早已嚇得花容失色。她的心跳失速，彷彿能聽見自己劇烈跳動的心跳聲。

正當怪物的手快要碰觸到沈墨晗的身體時，突然一陣強風襲來，怪物被強風吹得連連後退。沈墨晗蜷曲著身子，完全不敢直視前方。

這時，有個人將她從地面抱起。

沈墨晗緊閉雙眼，掙扎著想要從對方懷中脫逃，「你是誰？快放我下來！」

語畢，她鼓起勇氣睜開雙眼，睜眼的剎那，她迎上一雙幽深的眼眸。

男人的眼珠子是深藍色的，眼眸深處似乎容納著碧海，廣闊無邊，幽深難測。

與沈墨晗對上眼後，男人勾起唇角，莞爾一笑，「別怕，我會保護妳。」他溫柔的嗓音聽在沈墨晗耳裡，心裡的恐懼減去大半。

緊繃的身子放鬆下來，沈墨晗也除去戒備。

沈墨晗不知道自己為何能對陌生男子降低戒心，興許是因為，男人帶給她一種熟悉的感覺。

為什麼會有這種感覺，沈墨晗也說不出個所以然。

男人將目光從沈墨晗臉上挪開，瞟向被強風吹向不遠處的三眼怪物，冷言道：「就憑你也敢傷害她？」

三眼怪物在看到男人後，臉上閃過一絲惶恐，他稍稍退了一步，慌張地說：「不、不，你怎麼會出現在這裡，你為什麼會出現在這片土地！」

「少廢話。」男人的手在空中一揮，一陣強勁的風夾帶風刃撲向三眼怪物。

三眼怪物伸手阻擋，但那隻手卻硬生生被風刃砍斷，淌出墨綠色的血液。

墨綠色的血液倒映在沈墨晗眼裡只覺得特別噁心。

男人發現沈墨晗的異樣，伸手遮住她的視線，「不好的東西就別看了。」

沈墨晗微微頷首，就像男人說的，髒東西，傷眼睛。

然而，她又不禁心想，「這男的也太強了吧！還會用法術攻擊，該不會是驅魔師吧？」

反正都被說是媽祖轉世，身邊也出現自稱是千里眼、順風耳的美型帥哥，接著又見到三眼怪物，沈墨晗覺得現在沒什麼事是不可能的，更何況是驅魔師。

原先吵雜的聲音消失殆盡，耳邊恢復清靜，沈墨晗的視線被男人的手遮住，不知道現在究竟是什麼情況。

一直到男人將手放下，眼前的景象令沈墨晗驚訝地瞪大雙眼。

方才斷了隻手臂的三眼怪物此時已消失得無影無蹤。地面上沒有殘留任何墨綠血液，連屍骨也不見蹤影。

沈墨晗好奇地問：「怪物去哪了？」

男人雲淡風輕地說：「我除掉了。」

沈墨晗敬佩地看著男人，「你該不會真的是驅魔師吧？總之，謝謝你的救命之恩，不知道能不能告訴我你的名字呢？」

「于隱。」男人輕描淡寫地說。

「于隱……」沈墨晗輕喚一聲男人的名字。

這是個陌生的名字，就連男人的長相也是她今天第一次見到。但，就像見到洛千跟洛風一樣，見到于隱的時候也讓她感到莫名熟悉。

霎時，沈墨晗發現自己的身體緩緩降下，這才想起自己方才是被于隱公主抱。

她的臉蛋紅潤，羞赧地垂下頭，她還不曾被人公主抱呢！

沈墨晗的雙腳踩到地面後，她下意識與于隱拉開距離，抿了抿唇瓣，害臊地說：「謝謝你。」

「沒事的。」男人緩緩走近沈墨晗，並在來到她面前後，直接單膝跪地，並伸手拉過沈墨晗的右手，唇瓣覆了上去，「默娘，我等妳好久了。」

男人的唇瓣碰觸到自己手背的瞬間，沈墨晗像是觸電一般，顫抖了好大一下。

她迅速收回手，急忙後退，打量著仍單膝跪地的男人，心跳失速，臉上爬滿紅暈。

「你、你到底想幹嘛？你變態啊！」慘了，她今天不是遇到怪物就是遇到變態，太慘了。

見沈墨晗被自己的舉動嚇著，于隱站起身，語氣充滿歉意地說：「對不起我嚇到妳了。但是我真的很高興能夠再見到妳，默娘。」

「我叫沈墨晗，我不是你口中的默娘。」沈墨晗大聲駁斥。

「不，妳就是默娘。」男人神情堅定，「妳的神韻以及靈魂散發的氣息都與默娘如出一轍，妳就是默娘沒錯。」

沈墨晗用力搖頭，「我才不是媽祖轉世！你們都在胡說八道！」語畢，她邁開步伐，拔腿狂奔。

回到租屋處，沈墨晗鎖上大門，直接走進房間。她將背包扔在地上，整個人倒在還被雜物占據半個床位的床鋪，接著長嘆一口氣，「唉——天底下會有人像我一樣開學第一天就這麼倒楣的嗎？」

今天發生的事情都超出常理，她的頭疼得厲害，沈墨晗用手按著頭，痛苦地閉上眼睛。

霎時，沈墨晗的耳邊突然出現齒輪運轉聲，但是她記得租屋處內尚未掛上時鐘，她又怎麼會聽見齒輪運轉聲呢？

腦袋的劇痛感遲遲沒有退去，更不知為何，沈墨晗的腦中浮現出汪洋大海，一個女人站在懸崖上，手中提著一盞燈籠，眺望遠方大海。

「默娘——」

這時，兩個小身影朝她走來。

而那兩個人喚她「默娘」。

瞬間，這些畫面又消失在她腦中，就像是不曾出現一般。

沈墨晗睜開雙眼，瞪大雙眼望著天花板。

為什麼這段不屬於她的記憶會出現在她的腦海中？

她從床上坐起身，拉起左手的袖子，緊盯著那朵盛開的蓮花胎記。

自從知道自己手臂上的蓮花胎記在家族中的意涵後，沈墨晗也發現自己手臂上的胎記會隨著她長大。由花苞慢慢綻放，直至今日完全盛開。

家裡的長輩看過她的胎記後，曾說了一句話——

「**蓮花綻放，命運的輪盤也開始轉動。**」

當時年紀尚輕，不相信長輩說的話，認為那全都是長輩的迷信。但是今日，她後悔當初懷疑長輩所言。

「命運輪軸開始轉動嗎？」她喃喃自語道。

天色暗了下來，沈墨晗離開床鋪，走到廚房，拉開冰箱門。冰箱內只有一碗她搬到租屋處時房東送給她的豆花。將豆花取出，走到客廳，坐在沙發上一邊吃豆花當晚餐一邊滑手機。

除了懶惰之外，沈墨晗想起洛氏兄弟的叮嚀，盡可能避免一個人出門。沈墨晗索性不出門，待在家當個廢物好了。

3

翌日清晨，沈墨晗從睡夢中悠悠轉醒。她伸長手臂拉拉筋骨，睜開惺忪的眼皮，卻在下一秒受到驚嚇。

「啊——」她尖叫出聲。

「耳膜破了，耳膜真的要破了！」

在沈墨晗認識的人當中會說「耳膜要破了」的人，也就只有洛風了。

洛千和洛風都飄浮在空中，兩人的臉龐都非常靠近沈墨晗，這也是沈墨晗一睜開眼便驚聲尖叫的原因。

「你、你們怎麼會在我的房間？我明明有上鎖啊！」沈墨晗縮起身子，警戒地看著他們。

洛氏兄弟緩緩從空中降落，落到床鋪前的地板。

「妳覺得人類的鎖困得住神明嗎？」洛千雙手一攤，表情無比無奈。

沈墨晗挑眉，疑惑地問，「所以你們是憑空出現的？難道你們是用穿牆術進來的？」

洛千先是一愣，接著仰頭大笑，「哈哈——風，她說我們用穿牆術進來的耶！好好笑，真的太有趣了。」

洛風也是滿臉笑意，但是他還是知道分寸的，「好了，做過頭的話默娘會生氣的。」

果然，沈墨晗的臉色鐵青，眼神狠狠瞪著洛千，「洛千學長，你私闖民宅就算了，現在還嘲笑我？」

洛千下意識嚥了一口唾沫，他知道自己鬧過頭了，「墨晗學妹，妳別生氣，我、我就比較貪玩，我向妳道歉，妳千萬別放在心上。」

沈墨晗咄咄逼人的模樣，連洛風也愣住了。他很慶信自己懂得拿捏分寸，才不至於變得像洛千一樣……

「算了，懶得跟你們計較。」沈墨晗下了床，走到洛千、洛風面前，接著伸出手，食指指著門口，「趁我還沒報警，你們趕緊離開吧。」

「默娘，妳別報警，我們是因為感應到不尋常的法術才趕到妳家的。」洛千解釋道。

沈墨晗皺眉，疑惑地問：「不尋常的法術？可以解釋清楚法術的事情嗎？我會視情況決定要不要報警。」

「好好好，默娘……墨晗學妹，我們會認真回答的。」洛千的神情變得嚴肅，語氣也正經許多，「我先問妳一個問題，妳昨天離開學校之後是不是有遭受妖怪襲擊？」

沈墨晗點頭如搗蒜，「沒錯！我遇到一個三眼怪物，有著長長的舌頭，目測身形超過兩米，他還說我害他被關在地牢整整五百年，他氣得要攻擊我，如果不是有人及時保護我，恐怕我真的就被那怪物殺了。」昨日的場景至今仍歷歷在目，一想起，又令沈墨晗感到毛骨悚然。

洛風忍不住咋舌，「嘖，沒想到妖界已經開始動作了。」

「看來他們也感應到默娘的氣息，所以才會開始動作。」洛千偏頭看向洛風，「風，要把默娘帶去我們那裡嗎？她一個人待在這裡太危險了。」

洛風一臉苦惱，「躲得了一時，躲不了一世。默娘的時間已經所剩無幾，我們得趕緊把詛咒的源頭找出來才行。」

「那個……你們不要自己開聊天室，也跟我說說到底是怎麼回事啊！」

聞言，洛千、洛風才轉頭望向沈墨晗，「墨晗學妹，妳願意跟我們走嗎？」

「跟你們走？走去哪？」沈墨晗問。

洛千雙手抱胸前，肅然道：「就是那間辦公室，只要待在那裡，我跟風就能無時無刻保護妳，而我們也會盡快消滅詛咒的源頭，如此一來妳就不會死了。」

「死？」沈墨晗詫異地瞪大眼眸，「我什麼時候會死？」

雖然早就知道自己活不久，距離二十歲也只剩兩年，然而，如果沒有洛氏兄弟的守護，她才剛開始過大學生活，人生就要被判死刑了嗎？

光憑沈墨晗的臉色，洛千就知道沈墨晗已經開始胡思亂想，他認為必須讓沈墨晗知道自己的處境有多艱難，他以腦波與洛風進行交談，洛風也表示支持，「或許默娘知道後就會願意跟我們一起離開。」

「嗯，我也是這麼想的。」洛千回應道。

沈墨晗在原地乾等，好不容易等到洛千要開口說話，她屏氣凝神，專注地看著他。

「妳手臂上的蓮花胎記是媽祖轉世者的證明。因為蓮花盛開，妳體內蘊藏的靈力洩露而出，導致那些過去被默娘擊退的妖魔為了報仇而找上妳。」

「因此，在妳尚未學會控制靈力前，妳很可能會因為被妖魔襲擊而喪命。」

沈墨晗懵了，「所以……我現在無時無刻都處於危險狀態？」

「是的。所以我們昨天才會提醒妳千萬別一人走在路上，尤其是傍晚陽氣逐漸削弱，妖魔開始現身。妳雖然是媽祖轉世，但肉身乃凡人之軀，而且靈力正逐漸覺醒，妖魔絕不會放棄這個好機會。」洛千的目的就是要讓沈墨晗認清自己的身分。

沈墨晗陷入沉思，她好像開始相信洛千的話。

「我還是不太懂。就算我真的是媽祖轉世好了，但媽祖不是神明嗎？你們說的轉世究竟是怎麼一回事？」

媽祖曾經是人類，是神格化之後成為海上的守護神。

但是，沈家代代從事與卜卦、算命、風水有關的行業，她，沈墨晗，怎麼會有資格成為媽祖的轉世者？

「默娘當時因為操勞而過世，玉皇上帝看在默娘為了海上居民勞心勞累，奉獻自己的生命，因此賦予默娘成為神明的資格，默娘因此神格化為海上守護神。可是，身為人類的默娘死後進入輪迴，也就有了轉世者的出現。」洛千說。

沈墨晗恍然大悟，「所以我是林默娘的轉世者，對嗎？」

「是的。」洛千爽快地說。

「那為什麼我會有靈力？我又為什麼會被妖魔纏上？」

洛千摸了摸下巴，目光瞥向洛風，卻見洛風朝他搖頭，洛千也知曉洛風的意思。

「墨晗學妹，這些事以後再告訴妳，現在妳只要回答我，妳願不願意跟我們一起離開這裡？」

沈墨晗陷入沉默，「……跟你們一起離開，我還能去上課嗎？」

「當然可以。」洛千毫不猶豫地回答。

既然可以去上課，那接受洛氏兄弟的保護就能多活些時日，沈墨晗正打算接受洛氏兄弟的提議時，她突然想起昨日救了自己的男人。

「如果我接受洛氏兄弟的保護，我是不是就見不到他了？」不知為何，一想到自己見不到于隱，沈墨晗竟感到可惜。

「我……我還是決定留在這裡。」沈墨晗說。

原本已經露出笑容的洛千，聽見沈墨晗說的話，笑容僵住，頓時說不出話。

「我接受自己的命運，也願意接受兩位學長的保護，但，我想有屬於自己的空間，所以我要留下來，畢竟我可是付錢租了這間套房呢！」錢都花了，沈墨晗可不想白白浪費這筆錢。

好不容易回過神，洛千正想說些什麼，卻被洛風制止，「千，就順著墨晗學妹的意思吧。」

「可是……」

「就聽墨晗學妹的意思。」

聽洛風這麼說，洛千微微頷首，「好，我知道了。」他接著看向沈墨晗，「墨晗學妹，那妳若是遇到危險就直接呼喚我們的名字，一聽到妳的呼喚，我們就會立刻趕到妳身邊。」

「記住，一定要呼喚我們的名字，一個字也不能錯。」

ღ

沈墨晗抿著唇瓣，用力頷首，「我知道了。但我還有個問題想問，照理說，轉世者的壽命有多長呢？」

「基本上活不過二十。」洛風回答。

這是巧合嗎？轉世者都活不過二十，那與沈家擁有胎記的全都是女生，而且無法活超過二十歲的詛咒息息相關嗎？

沈墨晗不由自主想起昨日造訪的那間辦公室，掛在牆上的幾幅年輕女孩畫像，該不會就是……

「就是妳想的那樣。」洛千輕描淡寫地說。

沈墨晗如當頭棒喝，一棒敲醒昏沉的腦袋。

昨日便在懷疑那些畫像上的女孩與她年齡相仿，今日證實確實如此，甚至還得知她們便是先前的轉世者。她開始擔心，自己是否也會在如此青春年華便喪失寶貴生命。

她很畏懼死亡，以至於她做任何事一向小心謹慎。過馬路時一定會仔細確認四方無來車才會通過。儘管她個性貪玩，但她可不敢坐雲霄飛車啊。其實，她有被害妄想症……

「所以，你們真的是千里眼與順風耳？」

洛風顯得不耐煩，一再被質疑他的耐心都被消磨殆盡了，「一定要我們現出原形妳才滿意？」

原形！洛風這麼一說，她還真想看看媽祖身旁的兩位守護者、S大（偽）男神的真面目。

洛千以眼神制止洛風。洛風這才安靜下來，戾氣收斂許多。

這下沈墨晗是真的相信了。她是林默娘的轉世，除此之外，S大男神洛氏兄弟的身分是媽祖身旁的守護者千里眼、順風耳。如果她想要活命，就只能依靠他們保護她。

所有事情全都釐清後，心中的恐懼也退去大半，「學長，那昨天我遇上妖魔時保護我的人，是你們派來的嗎？」

此話一出，讓洛千、洛風兩人的眼神都變了。

「妳不說我們都忘了。墨晗學妹，妳還記得昨天救妳的人長得如何?他是如何降伏妖魔的？」洛千激動地問道。

沈墨晗將昨日的景象傾訴而出，「他有著深藍色幽深眼眸，當時他突然出現救了我，他還特別遮住我的眼睛，讓我不至於那麼害怕。最後，當他放下手，我再看過去的時候，妖魔已經消失了。」

「對了，那男人說他叫于隱。」

「于隱……妳有看見那男人使用什麼法術嗎？」洛風問。

沈墨晗的腦海中出現昨日的畫面，「嗯……于隱現身時颳起一陣強風，他將妖魔驅除時，雖然被他遮住了視線，但透過手掌縫隙，我看到妖魔的手臂被風刃砍斷，還有身體也是四分五裂的。」

「風刃是嗎……」洛千喃喃自語道。

洛千不斷回想是否有人擁有沈墨晗陳述的特徵。

「風，有頭緒嗎？」洛千低聲詢問。

洛風搖頭，「使用風刃的術士我還真沒印象，但是從他出手保護默娘這點來看，我想他一定知曉默娘的身分，你覺得呢？」

「我也是這麼想的。我先去向玉皇上帝回報此事，你等我消息。」洛千說完，直接在沈墨晗的眼皮子底下消失蹤影。

沈墨晗親眼目睹洛千在自己眼前消失，她總算相信洛氏兄弟是憑空出現在自己的房間。

「洛千學長要去哪？」沈墨晗問。

洛風莞爾一笑，平淡地說：「他到天庭向玉皇上帝稟告這件事，今天應該是回不來了。」

沈墨晗「哦」了一聲，這兩天經歷的事已經刷新她的三觀，何況洛氏兄弟本來就是神明，上天庭跟玉皇上帝稟告什麼的，她已經不會輕易受到驚嚇了……應該吧。

因為沈墨晗要更衣梳洗，洛風便先從她的房間離開，獨自一人到客廳待著。

沈墨晗看著鏡中的自己，如此平凡的她竟然是林默娘的轉世者，想來還是覺得很不可思議。也不知道沈家的詛咒是否與自己特殊的身分有關，如果真是如此，那她……是不是就是導致沈家女孩活不過二十歲的原因？

「先別管這麼多好了，走一步算一步，加油！」沈墨晗拍了拍自己的臉頰，準備迎接今天的挑戰。

待一切準備就緒，時間也差不多了，沈墨晗便從租屋處離開。

對了，洛風也跟著她一同離開租屋處。

開學第二天的課是從早上十點開始，沈墨晗她先到附近的早餐店悠閒地享用早餐，之後再騎車到學校。

她挑了個靠窗的位置坐下，等待餐點製作的時間，她望著窗外，看著行人與車輛從面前經過，這時，在對街人行道，有個男人吸引她的目光。

那人不是別人，正是于隱。

沈墨晗激動地從位置上站起，一手抓過背包，拔腿往外衝。

洛風見狀，急忙跟上前，就怕沈墨晗會發生危險。

「于隱——」沈墨晗一衝出早餐店便朝著對街大喊。

和沈墨晗對上眼的于隱，微微勾起唇角，「默娘。」他輕喚一聲後，突然一陣風吹過，他的身影也趨近透明，最終消失。

沈墨晗在讚嘆之餘，也沒忘記呼叫洛風。

「洛風學長，剛才那就是于隱，昨天就是他救了我。」沈墨晗激動地說。

洛風當然也看見于隱了，他本想追蹤于隱離去的氣息，但是他不放心留沈墨晗一人在此。

「墨晗學妹，妳把這個帶在身上，然後我現在直接送妳去學校。」

「那我的早餐怎麼辦？」沈墨晗很在意自己的早餐，早餐可是她的命啊！

只見洛風伸出一隻手，手掌朝上，瞬間，他的手上多出一個紙袋，紙袋上有著早餐店的LOGO，「妳的早餐。現在我可以送妳去學校了吧。」

沈墨晗扯了扯嘴角，「可、可以。」她伸手接過洛風手中的紙袋。

「速度偏快，但是妳不會有危險，很快就到了。」洛風說完，也不給沈墨晗反應的時間，他一彈指，沈墨晗便從原地消失。

在沈墨晗消失後，洛風才從現場殘留的靈力，開始追蹤沈墨晗所說的于隱。

第二章—三帥圍繞

洛風憑藉著殘留的靈力追蹤到于隱的所在之處。

令洛風訝異的是，于隱沒有跑太遠，他只是跑到S大的校門口附近而已。

「于隱，對吧。」洛風慢慢走向于隱，目光緊盯著他，深怕他再次逃走。

于隱早有察覺，他緩緩轉過身，正視洛風，「順風耳大人，久仰大名。」

洛風蹙眉，「既然你知道我的身分，那也省得我自我介紹。說吧，你接近默娘的目的是什麼？」洛風的周遭散發出強烈氣場，身體似乎被火焰包覆，模樣看來咄咄逼人。

于隱也不甘示弱，身體周遭有風刃伺機而動，一手伸出，上頭一團氣流在浮動。

「順風耳大人，您誤會了，我只是想保護默娘，僅此罷了。」于隱淡然道。

洛風怎麼可能會輕易相信他說的話，手一揮，一團火焰朝著于隱撲去。

于隱不慌不忙地以氣流迎擊。兩術式在空中相撞，原本洛風放出的火焰占上風，但氣流卻急速放大，瞬間包覆住火焰，火焰在氣流中漸漸消逝。

洛風眉頭深鎖，他沒料到自己的術式會被化解，對于隱更加戒備，「你究竟是何方神聖？你說你想保護默娘，我憑什麼相信你？」

「憑她是我的恩人，而我是來報恩的。」于隱正經地說。

洛風無法確認于隱所言是真是假，但是，如果于隱真的是為了保護默娘才出現在此的話，洛風似乎也沒理由將于隱趕走。

「如果你真是為了保護默娘而出面，在此我先以守護神的身分感謝你。不過，倘若你做出任何傷害默娘的舉動……我順風耳，絕不輕饒！」洛風拋下一句狠話後，一眨眼便消失了。

于隱冷靜地看著方才洛千消失之處，他的眼眸瞇起，思忖許久，隨後，身影也隨著風消失得無影無蹤。

沈墨晗被洛風施展的術式直接送到S大校門口。原本十多分鐘的路程，現在不用一分鐘就能抵達學校，而且過程安全，沈墨晗不禁希望下次洛風也能用術式送自己上學。

她捧著裝有早餐的紙袋走進校園，時間尚早，她猶豫著是否要前往昨日的那間辦公室，但是又怕辦公室沒人，或是遭洛氏兄弟的粉絲誤會她跟他們倆有密切關係，深思熟慮後，她選擇直接到上課的教室。

昨天沒有先到教學大樓看過，因此她花了些時間在找尋教室。

「默娘。」

因為一直找不到教室，沈墨晗已經失去耐心，轉頭回應時的語氣也很隨便，「幹嘛？沒看到我在忙嗎？」

她一回頭，看到後方呼喚自己的人的長相後，她忍不住瞪大眼眸，「于隱？」方才呼喚沈墨晗的人正是于隱。

于隱身上的穿著與在早餐店外看見的打扮一模一樣。牛仔褲配上白襯衫，而他的臉上帶著淺淺笑意，整個人魅力十足，是個大帥哥啊！

沈墨晗的心跳微微加速，她自認為這是看見帥哥時的自然反應。

于隱走到沈墨晗面前，張開臂膀，試圖抱住沈墨晗，他的舉動讓沈墨晗嚇了一跳，急忙避開。

「雖然你昨天救了我，但是你對我而言還是個陌生人，擁抱什麼的，不太妥當。」沈墨晗嚴肅地說。

于隱癟嘴，神情低落，「我們昨天都親過了，妳怎麼還對我這麼冷漠？」

沈墨晗的眼角抽搐幾下，心裡有一把怒火悄悄燃起，「你這麼說就不對了。昨天你未經我同意就擅自親吻我的手背，別說那種讓人誤會的話……」

「誤會？怎麼會是誤會，親手背也算親啊！」于隱莞爾一笑。

沈墨晗的心緒亂成一片，她直覺認為于隱有潛在的腹黑傾向。

此外，他說出令人羞澀的詞彙竟然臉不紅氣不喘？難道他經驗豐富嗎？經驗豐富就可以這樣欺負人？還是他根本不是人？

洛氏兄弟雖然生得人模人樣，實際上卻是神明。于隱既然也會法術，如果他不是驅魔師，那他有可能也是位神明囉？

「默娘……」

「我叫沈墨晗，別叫我默娘。」沈墨晗打斷于隱說話，嚴厲指正他。

「為什麼？」于隱表示不解。

沈墨晗嘆了口氣，無奈地說：「就算我是默娘的轉世者，我也不是默娘。我有一個好聽的名字叫沈墨晗，我跟默娘是兩個不同的人，所以別叫我默娘。」

「但妳就是默娘。」

沈墨晗瞟了他一眼，她沒想到于隱這麼難纏，「都說了我叫沈墨晗，我不想要偷取別人的名字，我的名字分明比較好聽。」

「哈哈，原來妳這麼自戀啊？」于隱掩嘴而笑，越發喜歡沈墨晗的性子。

被取笑的沈墨晗嘛嘴瞪著他，「于隱，顯然你不懂女人心。」

于隱挑眉，傾身，臉龐靠近沈墨晗，「既然如此，妳願意成為我的老師嗎？請教教我如何讀懂女、人、心。」

沈墨晗快速向後退，與于隱拉開距離。

方才太危險了，沒有注意到于隱瞬間靠近，兩人之間距離太近，讓她的心跳又差一點失去控制。

沈墨晗糾結許久，最後一個轉身就準備離去。

「墨晗，妳不是找不到教室在哪嗎？」于隱叫住準備離去的沈墨晗。

她停下腳步，回過頭看著他，「你怎麼知道？」她不過就是在校園裡繞了幾圈，怎麼就被于隱看出她找不到教室了？

只可惜，于隱並非正常人。他老早就跟在沈墨晗身後，只是她不曾察覺罷了。

沈墨晗在校園繞了幾圈，于隱都知道。他走在後方，看出沈墨晗在校園迷路，他猶豫著是否要主動上前關心，最後還是忍不住出聲叫住她。

沈墨晗覺得超丟臉，做蠢事被看見，頓時不知如何面對于隱。

「我跟妳同一堂課，我們一起去教室吧。」語畢，于隱邁開步伐逕自向前進。

見狀，沈墨晗急忙跟上前，「你也是學生？你說你跟我同一堂課，你怎麼知道我的課表？」

于隱沒有回答她，而是以謎樣的笑容回應她。

沈墨晗看了心癢癢，她不喜歡猜想他人的想法，何況于隱這個人神祕兮兮的，根本看不懂他在想什麼。

總結，這個男人不簡單！

ღ

在于隱的帶領下，沈墨晗終於來到上課的教室。找個後方靠窗的位置坐下，看到于隱拉開自己身旁的椅子跟著入座，她皺著眉，困惑地問：「你真的是學生？」

于隱一臉淡定，雲淡風輕地說：「我不能是學生嗎？」

沈墨晗激動地站起身，也不顧教室內還有其他同學，大聲地說：「你如何證明自己是學生？」

于隱不疾不徐地從口袋拿出一張卡片。

卡片不是別的，是S大的學生證，上頭有著于隱的名字，而且還跟沈墨晗一樣是台文系的學生。

沈墨晗瞪大雙眼，在其他同學異樣的眼神注視下緩緩入座。坐定後，她的身體偏向于隱，低語：「你的學生證是『假』的，我聽說新生訓練的時候才會發學生證，所以你的那張，是假的。」

「我這是真的。」于隱拿著學生證在沈墨晗面前晃了晃。

沈墨晗直接拿過于隱手中的學生證，端看後，赫然發現于隱的年級竟然是二年級，既然是二年級的學生，當然已經拿到學生證了。

「既然你是大二生，你為什麼會坐在這裡？這堂課是大一必修耶。」

「我休學一年，所以現在才要開始補學分。」于隱理直氣壯地回答。

沈墨晗對于隱說的話感到半信半疑。他會使用法術，能夠使用風刃攻擊，並且來去無影蹤，這樣的于隱，不可能只是一個普通的學生。

本想再追問下去，但是上課的同學陸續進入教室，教室逐漸被坐滿，沈墨晗也不敢多說什麼，只好端正坐姿，從紙袋內掏出早餐，低頭啃食吐司，等待該堂課的教授進教室。

台灣文學系又稱為台文系。當初面試還要用閩南語面試，所幸沈墨晗從小在鄉下長大，耳濡目染間，閩南語能力也挺優異的，面試是一點也難不倒她。

第一堂課是台灣歷史文學，雖然內容枯燥乏味，課程才進行不到一半便已傳來鼾聲，但沈墨晗卻聽得津津有味，眼神專注地看著講台上的教授。

于隱的視線則放在沈墨晗身上。雖然沈墨晗與他認識的默娘樣貌不同，但散發出的氣息是一樣的，是那般令人懷念。

他實在很難不將沈墨晗當作默娘，儘管知道這是兩個不同的人，但他打從心底希望她能夠成為她。

中午十二點十分，洛風剛結束課程回到他跟洛千的根據地。推開辦公室的門便看到坐在朝向大門的沙發上，皺著眉，一臉煩惱的洛千。

「千，你怎麼回來了？」洛風走到洛千面前，屁股落入洛千對面的沙發。

洛千嘆了一口氣，「唉——我剛剛被玉皇上帝罵了一頓。」

「為什麼？」洛風很好奇玉皇上帝為何動怒。

「因為我們的疏忽害默娘差點受傷，所以玉皇上帝為了讓我們提高警覺，要懲罰我們寫悔過書。」

一聽到要寫悔過書，洛風整個臉垮了下來，哀怨道：「竟然要寫悔過書啊……好吧，寫就寫，畢竟因為我們，默娘差點就受傷，這是不爭的事實。」

「我還問了玉皇上帝關於于隱的事，但是玉皇上帝說他沒聽過于隱這個名字，其他神明也說不知道于隱這號人物。」

洛風感到很神奇，先不管他跟洛千兩個成仙上百年的神尊，掌管神界的玉皇上帝以及其他幾位高級神尊也不知道于隱的話，那于隱是敵是友，就只能先打上一個問號了。

「風，我不在的期間有發生什麼事嗎？」洛千緊張地問。

洛風搖頭，神色淡然地回答，「沒有，只是我見到了于隱。」

「你見到于隱了！那你有問他接近默娘的意圖嗎？」洛千激動地說。

「我問了，他說他是為了報恩。」

洛千不解地皺起眉，「報恩？默娘曾經有恩於他？我們從小陪在默娘身旁，見過默娘幫助過許多人，難道于隱也是其中一員？」

「話雖如此，于隱他擁有靈力，我們還是不能掉以輕心。」

在沈墨晗之前，他們已經遇過許多位轉世者，之前的轉世者無法達成的使命，他們只能寄託在沈墨晗身上。

倘若沈墨晗也無法達成使命……不，他們一定會讓詛咒在沈墨晗這一代徹底消失。

除此之外，他們還瞞著沈墨晗一件很重要的事。

一件與轉世者有關的祕密。

早上的課程結束，沈墨晗拖著疲憊的身軀來到S大外的餐館用餐。S大附近的餐館分量充足，價錢又便宜，時不時推出優惠，每到中午用餐時間幾乎是人滿為患，餐館內湧入大批飢腸轆轆的學生前來覓食。
沈墨晗在餐館外等了十分鐘才終於進入店內。
她隨意找了個靠窗的位置坐下，拿著菜單，開始思考要吃什麼。
「墨晗，妳想吃什麼儘管點，我請客。」
沈墨晗抬起頭，和坐在對面的于隱對上眼。她語氣不耐煩地說：「你怎麼也跟來了？我沒有要跟你併桌的意思耶。」
于隱有些鬱卒，嘀咕一聲，「妳狠心這樣對待我嗎？」
沈墨晗聽到他的嘀咕，無奈地笑了笑，說：「你就這麼想跟我一起吃飯？」
聞言，于隱奮力點頭，「嗯嗯，我想跟妳一起吃飯，我也願意請客。」
沈墨晗賊笑了笑，有人自告奮勇要請她吃飯，她高興都來不及了，怎麼可能會拒絕呢？
「好吧。那我們就一起吃飯，然後你請客。」沈墨晗揚起一抹燦笑。
于隱癡迷地望著沈墨晗，她的笑容有股魔力，令于隱捨不得離開視線，只想一直看著她。
「墨晗學妹——」
肩膀突然被碰觸，沈墨晗的身體抖動了好大一下。
這次她有忍住，沒有放聲尖叫。
「誰啦！」她生氣地轉過頭，看見後方滿臉笑意的洛氏兄弟後，她怒氣沖沖地說：「下次再從身後碰我肩膀，我就拿大聲公對你們說話，然後朝你們噴殺蟲劑！」

洛千跟洛風的臉色都變得鐵青，現在他們很清楚惹怒沈墨晗的下場是什麼了，為了自己的眼睛、耳朵著想，他們再也不敢以身涉險。

「墨晗學妹，我們下次絕不再犯，我們向妳保證。」洛千舉起手放在臉蛋旁，向沈墨晗發誓。

洛風也用力頷首，「沒錯，絕不再犯。」

沈墨晗也不想把事鬧大，她壓低音量，說：「知道就好，你們也快找位置坐下吧。」

洛千自然地坐到沈墨晗身旁，而洛風無可奈何，只能坐在于隱身邊。

一張桌子坐滿，原先寬敞的位置因為洛千而縮小，這也令沈墨晗心情不悅，「其實兩位學長可以自己找空位坐，為什麼硬要跟我擠在同一桌？」

「身為墨晗學妹的守護神，自然要跟妳坐在一起。我們才不像某人……」洛千的眼角餘光瞥向于隱，「不像某人，什麼也不是，也想擠入我們的小圈圈，真不知羞恥。」

沈墨晗瞟了洛千一眼，毫不客氣地說：「真是五十步笑百步，你們跟某人一樣都不知羞恥。」

洛千選擇保持沉默，他不願承認自己跟于隱一樣，都是沈墨晗口中不知羞恥的人，此外，他不回嘴的原因就是不希望沈墨晗再度動怒。

沈墨晗之外的三個男人都因為沈墨晗而變得安分，沈墨晗也終於可以好好享用午餐。

因為沈墨晗吃得慢，另外三人都已經食用完畢，他們閒來無事，便一直盯著沈墨晗用餐。

三人的視線過於火熱，沈墨晗被他們盯得難受，抬起頭，無奈地說：「你們吃完了可以先離開，不用等我的。」

「我們兄弟倆留在這裡陪墨晗學妹就好，于隱，你也聽見墨晗學妹說的話了，你先離開吧。」洛千對于隱做出一個「請」的動作。

于隱直接忽略洛千說的話，伸手幫沈墨晗撥開擋住視線的髮絲，「墨晗，下午的課我可以坐在妳旁邊嗎？」

沈墨晗本想拒絕的，但是想起早上的課程，于隱幫了她不少忙，不僅在她打瞌睡時叫醒她，更主動把他做的筆記分享給她，既然如此，沈墨晗好像也沒理由拒絕于隱坐在自己身邊。

「可以啊。」沈墨晗爽快地說。

于隱笑得燦爛，但是洛氏兄弟的臉色卻沉了下來。

「墨晗學妹，于隱跟妳上同一堂課？」洛風問。

洛千也是瞪大眼睛緊盯著沈墨晗。

「沒錯，他跟我上同一堂課，而且他還跟我同系，是系上的學長。」

洛氏兄弟的目光都瞥向于隱。

于隱一臉淡然，不疾不徐地說：「我是台文系二年級的學生，我還有學生證呢！」于隱主動秀出自己的學生證。

洛千伸手搶過學生證，與洛風仔細打量，確認上頭沒有被施展術式，他們對望一眼，皆是一臉不敢置信。

「這不可能啊！」

「是啊，這怎麼可能。」

沈墨晗終於吃完午餐，她抽了張面紙擦拭嘴巴，接著站起身，大咧咧地說：「洛學長，你們不走的話我就先走囉。下午還有課，我得先到教室占位置呢！」

語畢，沈墨晗朝著于隱挑眉，示意他與她一同離開。接收到指示的于隱，牽起嘴角，「那兩位前輩，我跟墨晗先離開，你們慢慢聊哦。」

于隱在沈墨晗之後離開餐館，留下面面相覷的洛氏兄弟。

「風，你說這一世的默娘是不是特別叛逆啊？」

「嗯……我也這麼覺得。」

ღ

走出餐館的沈墨晗，呼吸到外頭的新鮮空氣，心情特別爽快。

她看向餐館內，方才只顧著吃飯，再加上同桌三位帥哥爭執的點特別幼稚，沈墨晗大部分時間除了吃飯就是忙著調解、吐槽，完全沒注意到周遭的視線。

如今踏出餐館，她才看見餐館內有許多人的目光都望著仍坐在位置上的洛氏兄弟。

餐館外排隊等著進店裡用餐的學生也不停朝店內張望。

「哇，是洛學長耶！沒想到他們也會來這裡用餐，好意外呀！」

「我剛才看到那個女生跟他們坐在同一桌，他們是什麼關係啊？好羨慕她哦！」

沈墨晗的額頭直冒冷汗，「慘了，我就不該讓他們跟我坐同一桌的。」

若是這之中有洛氏兄弟的粉絲，她不就成為頭號公敵了嗎？

「此地不宜久留。」沈墨晗喃喃自語著，接著她邁開步伐就要離開。

然而，才剛跨出一步，她的身體突然僵住，身體無法動彈，原本四周吵雜的聲響都在一夕間安靜下來。

「林默娘，妳又轉世了啊！」

後方傳來的低沉嗓音，令沈墨晗寒毛直豎，大氣不敢一喘。

儘管看不見後方之人的長相，但她可以感受到令人毛骨悚然的涼意，以及快令她窒息的壓迫感。

察覺到沈墨晗有危險的于隱和洛氏兄弟，瞬間移動到沈墨晗面前，將她護在身後。

沈墨晗躲在三人身後，因為恐懼，她的身體止不住顫抖。

不知何時周遭變得一片漆黑，餐館被烏煙籠罩，餐館內的客人消失得無影無蹤。

「墨晗，冷靜下來，妳不會有事的。」

于隱走到她身旁，手搭在她的肩上，稍稍施力，安撫她的情緒。

沈墨晗感受到于隱施加在自己肩上的力道，她恐慌的心也稍微安定些。

「呵，媽祖身旁的兩位守護神，還真懷念當時你們對我施展的法術呢。」

此時沈墨晗看見妖怪的真面目後，不禁倒抽一口氣。

妖怪的臉部潰爛，根本分不出眼睛、鼻子的位置。妖怪的身形與上回碰到的三眼怪物一樣都超過兩米。一條長尾巴，上頭帶著尖刺，看來格外嚇人。

沈墨晗起了一身雞皮疙瘩，剛才那頭妖怪竟然就在自己的後方不遠處，一想起，沈墨晗的身子又不禁打顫。

「海妖，你怎麼被放出來了？」洛千語氣低沉，問道。

既然被稱為海妖，又提到被「放」出來，沈墨晗瞬間理解此妖怪又是來找碴，不，是來復仇的。

「于隱，這個海妖很厲害嗎？」沈墨晗將嘴巴湊到于隱耳邊低聲問道。

于隱既然也會法術的話，那他一定見過許多妖怪，肯定也看得出來妖怪有多厲害。

于隱頷首，凌厲的目光直盯著妖怪，「海妖，如其名即是棲息在海中的妖怪。大多處於深海，為了覓食會潛伏到淺海區，有時會引發漩渦，造成海上的漁民落入海中，是大多數海難發生的原因之一。」

于隱詳細地向沈墨晗解釋。

沈墨晗輕輕頷首，她就知道眼前的海妖不是簡單的小妖怪，而且于隱說，海妖是導致海難發生的原因之一，如此一來，歷史上那些沉船事件是不是也跟海妖有關？

「我看我以後還是別搭船好了。」沈墨晗心想。

對於洛千的問題，海妖只是咧嘴一笑，「我不久前逃獄了，離開那個令我痛苦不堪的監獄真是爽快。我不可能忘記當初你們兩位守護神以及林默娘對我做的事，一聽到林默娘重新轉世，我怎麼能錯過親手斷送她性命的大好機會呢？」說到後頭，海妖全身散發出陰森的氣息，張開大嘴，露出尖銳的牙齒。

洛風冷笑一聲，「海妖，我看你在牢獄的幾百年來根本沒有檢討自己的過錯。你忘了你是怎麼被我們送進牢獄的嗎？」

「我是為了生存！不就是打翻幾艘船，吃了幾個人就打算治我的罪刑？我今天就要替我的兄弟們報仇！」海妖張牙舞爪的模樣，令沈墨晗差點昏過去。

個人造業個人擔，前世的仇，關她何事啊？

「墨晗，我先偷偷帶妳離開。」于隱小聲地說。

「誰都不准離開！尤其是林默娘，我今天一定要殺了妳！」海妖突然朝著沈墨晗他們吐出強烈的水柱。

水柱速度之快，威力巨大，沈墨晗閉上眼睛，完全不敢想像自己會有什麼下場。

然而，她低估洛氏兄弟的實力。身為媽祖身旁的守護神，再加上幾百年修為，像海妖這類小角色根本不是他們對手。

「風，要活捉，還是？」洛千語氣低沉，透露出一股殺氣。

洛風瞇起眼，冷言道：「我看……直接滅了吧。」

語畢，兩人同時向前，無視海妖吐出的水柱，洛千一手將水柱擋下，並將之推了回去。

海妖的眼眸瞇了一下，咬牙切齒地怒吼一聲，「啊——」他又連續吐出好幾顆規模巨大的水球。

洛風擅長的法術雖屬於火系能力，但身為神明，他占有絕對優勢。

他張開一道火牆，阻擋了水球。洛千趁機衝上前，他手中有一顆閃亮的球狀體不斷旋轉。在最接近海妖的時候，釋放出球狀體，爾後，迅速退開。

閃著耀眼光芒的球狀體在碰觸到海妖的肉身時，瞬間綻放。光芒四射，迫使沈墨晗閉起雙眼，依偎在于隱懷裡。

于隱攬著沈墨晗的腰間，施加力量，讓她更加貼近自己。

光芒漸漸消散，當沈墨晗緩緩睜開眼，發現海妖已然消失，現場只留下一地殘渣。

沈墨晗「哇」了一聲，感嘆洛千力量之強大。

洛千的眼珠子有一道光芒閃過，最後趨漸消失。

洛氏兄弟走到沈墨晗面前，兩人同時單膝跪地，恭敬問道：「默娘，您沒事吧？」

沈墨晗受到了驚嚇，她可從沒被如此對待過，急忙擺擺手，著急地說：「有你們護著我，我怎麼可能會受傷，你們快起來吧。」

洛氏兄弟聽從沈墨晗的指示站起身。接著，默契極佳地望向于隱，盯著他放在沈墨晗腰間的手。

沈墨晗注意到他們的視線，低下頭，赫然發現于隱的手就放在自己的腰部，而自己就依偎在于隱懷裡，她急忙脫離于隱的懷抱，紅著臉，害臊地說：「謝謝你保護我。」

于隱搖頭，嘴角牽起淡淡的微笑，「對我而言這是理所當然的事，不必向我道謝的。」

沈墨晗輕輕頷首，算是明白了。

海妖被消滅後，餐館也恢復平靜。烏煙散去，餐館內的景象也逐漸復原。

餐館內的客人們眼神呆滯地注視前方，直到烏煙全部消去，他們的眼眸才恢復光彩，像是從沒發生過任何狀況一般，若無其事地享用餐點。

「天啊，好像變魔術哦！」沈墨晗忍不住發出驚嘆。

「沒有把無辜的老百姓捲入其中，這個海妖還挺有良心的。」于隱說。

沈墨晗微微頷首，表示認同。

昨日三眼怪以及今日的海妖襲擊，都顯現出沈墨晗的生命正受到威脅。

既然如此，洛氏兄弟更加無法讓沈墨晗獨自行動。

「墨晗學妹，我們不放心妳一人行動，所以之後我跟千都會跟在妳身旁保護妳。」洛風板著臉，嚴肅地說。

聞言，沈墨晗不禁蹙眉，「你們是校園名人，我只想低調過大學生活，如果你們跟在我身邊，我要怎麼低調過日子？」

「可是我們這也是為了保護妳啊！」洛千激動地說，「墨晗學妹，妳想想剛才發生的事，方才是因為我跟風，還有于隱都在，妳才能安然無恙地待在這裡，若我們都不在，而妖魔襲來，妳一個人很難全身而退。」

洛千說的話沈墨晗都明白。可是，她想活得自由，她不想因為自己的人身安全受到威脅就活得綁手綁腳，以至於無法過上自己想要的生活。

「我知道你們是關心我，擔心我被妖魔所傷，你們的顧慮我都明白，可是，與其無時無刻的守在我身邊，不如教我如何運用靈力保護自己，只要我擁有保護自己的能力，你們也可以省心，那不是很好嗎？」這是沈墨晗得出的結論，她不希望自己永遠是被保護的對象，她想保護自己，也想保護他人。

這一席話不僅是說給洛氏兄弟聽，沈墨晗也是想告訴于隱，她會變強的，她不希望自己單方面受人保護，她，沈墨晗，身為媽祖的轉世者，絕對會變強的。

沈墨晗的決心感動了洛氏兄弟，遇過無數轉世者，這還是頭一次有轉世者主動提議要學習控制靈力。

控制靈力不簡單，想要在短時間內學會更是不容易。然而，既然沈墨晗想學，他們自然得教她，而且，為了能夠讓她在短時間內學會控制靈力，他們也打算制定一套專屬教材。

「咳咳，墨晗學妹，妳有這份決心令我們很感動，同時也值得讚賞。我跟風本來也打算在近日傳授妳操控靈力的訣竅，既然妳主動提起，不如今晚就開始特訓吧。至於保護妳的事……在妳學會操控靈力前，還是讓我跟風一起守護妳吧！」洛千說。

沈墨晗癟嘴，不甘願地說：「有你們跟著，我是要怎麼低調過日子啊？」

一直站在一旁默不作聲的于隱在此時開口道：「不如就由我代替兩位守護神保護墨晗，如何？」

「好啊！」

「我不同意。」

「不行！」

三個人給出不同的回應。

洛千看到于隱頻頻靠近默娘，他皺起眉頭，快步上前，將于隱拉開，「喂！你離墨晗學妹遠一點，你沒看到她不想你靠近嗎？」

「沒有。」于隱淡淡地說。

沈墨晗差一點噴笑。她還是第一次看到洛千吃癟的模樣，挺有趣的。

洛千的臉沉了下來，在心底咒罵于隱一聲。

沈墨晗不希望三個男人每次見面都吵架，只好出面當和事佬，「我心意已決，在我學會控制靈力前，就讓于隱保護我吧。」

「可是……」

「我話還沒說完。」沈墨晗打斷洛千說話，「讓于隱保護我，但是也只限我們一起上課的時間，可以送我回家，但不能踏入我的家門，希望于隱能答應我的要求。」

于隱沒有一絲猶豫，立即答應沈墨晗的要求，「好，我答應妳。」

洛千似乎還是對沈墨晗的決定有意見，但洛風卻在此時拉住他，並在腦中與洛千對話，「千，我們就先順著墨晗的意思。」

「風，你不擔心于隱別有用心嗎？」洛千反問道。

「說不擔心是假的。但是方才海妖襲擊的時候，于隱確實用術式保護了墨晗，目前看來，于隱他是可以相信的。」

洛風都這麼說了，即使洛千心中有所不滿，也只能先嚥下這口氣。

「我聽你的，就先照著墨晗學妹的安排好了。」

回到學校，下午的課程仍是系上必修課，沈墨晗跟于隱一前一後走入教室。

選定座位後，沈墨晗便趴下來，準備小憩。

「墨晗，我先去外面一下，不會走太遠。」于隱低語。

沈墨晗沒有抬起頭，以趴姿回應于隱，「嗯嗯，你去吧，我要睡一下。」

于隱踩著輕盈的腳步走出教室。

以隱身術跟著沈墨晗和于隱進入教室的洛氏兄弟，看見于隱走出教室後，也跟上前去，想看看于隱要做些什麼。

他們悄悄跟在于隱身後，不敢跟得太近，就怕于隱察覺到他們的氣息。

于隱來到水池附近，池邊植物茂密，水面上漂浮著許多落葉，看來久疏清理。

于隱在水池旁蹲下身，將手伸向水池。當他的手碰觸到水面時，原先平靜的水面開始產生波動。他的皮膚蒙上一層晶光，有水流從他的指間進入體內。

而那混濁的水池竟逐漸變得清澈，水面的枯枝落葉盡數消失，由水面看下去，水池下方的石頭、水草清楚可見。

洛氏兄弟目睹水池變化的瞬間，他們都很訝異。

「于隱他竟然可以淨化水質！」洛千在腦中與洛風對話。

「看來于隱他真正的術式與水有關。」洛風回應洛千。

于隱皮膚上的光芒逐漸消失，他的皮膚竟可以產生反光，上方好似有一層水包覆住他的肉體。手離開水池，于隱起身，往大樓的方向走回去。

等到于隱走遠後，洛氏兄弟才解除隱形狀態。他們來到水池旁，低頭注視著水池。

清澈無比的水池，倒映著洛氏兄弟的身影。洛風蹙眉，對于隱的真實身分愈發好奇。

淨化水池需要耗費不少靈力，尤其要將如此汙濁的水池淨化更加耗費靈力。再加上于隱施展的術式很精確，既不驚擾水中生物，又可以淨化水池，顯示于隱的身分並不單純。

「風，我們要先查明于隱的身分，還是繼續進行原本的計畫？」洛千問。

洛風思忖片刻後淡淡地說：「同時進行吧。保護默娘是我們的責任，既然于隱也有足夠的能力保護默娘，那我們正好能夠就近觀察他，不是嗎？」

洛千的嘴角上揚，拍了拍洛風的肩膀，「不愧是風，想得真周到。」

「你多動腦的話也能做到的。」洛風趁機調侃洛千。

洛千眼角抽蓄幾下，咬牙切齒地說：「算你狠。」

洛風聳聳肩，雲淡風輕地說：「我不過是實話實說。」

「哼，我也蠻聰明的啊，你忘了我在校成績如何了嗎？」

「我嚴重懷疑你是靠作弊拿高分的。」洛風再次吐槽他。

洛千覺得自己真委屈，「拜託，就算我是千里眼，但我考試都是憑自己的實力，這年頭神明也要讀書真的很辛苦耶。」洛千長嘆一口氣。

洛風苦笑一聲，「確實。早知如此，我們當初就不要進入校園了。」

洛氏兄弟當初是為了保護沈墨晗才以學生身分進入S大，但他們現在卻後悔了。

不得不說，這年頭神明也不好當啊！

ꞷ

洛氏兄弟小看了于隱，從洛氏兄弟跟著沈墨晗和于隱進入教室的時候，于隱就發現他們的存在。儘管他們認為藏得嚴密，但還是被于隱發現了。

他不打算拆穿洛氏兄弟，他也不怕自己的身分被發現，于隱佯裝若無其事地繼續做自己的事。

直到離開水池邊，洛氏兄弟才現身，他的唇角上揚，牽起一道意味深長的笑容，接著，往教學大樓的方向走去。

下午的課程結束，沈墨晗不急著趕回租屋處，她決定到洛氏兄弟的根據地好好參觀一番。

進入辦公室前，她左顧右盼好幾回，確認沒有旁人後才推門而入。

辦公室內空無一人，沈墨晗輕聲關上門，壓低音量，來到掛滿畫像的牆前。

昨日來得倉促，僅是一眼掃過那些掛在牆上的畫像，現在細細查看，便發現事情有些蹊蹺。

畫像上清一色皆為女子，這也代表著媽祖的轉世者都是女性。此外，年齡看起來與她相仿，對照洛氏兄弟說的，那些轉世者與她一樣都活不過二十歲。

一旦圖騰出現變化，也算是轉世成功的標誌。不過，究竟是因為什麼因素，導致轉世者的生命大多不到二十歲便畫下句點呢？

雖然僅是猜測，但沈墨晗卻因此全身打顫。如果真是如此，她到底需要完成什麼使命才有辦法活下去呢？

這時，她瞄到辦公室內的另一扇門。那扇門有些奇怪，門上有著一個十元硬幣大小的印記，上頭寫的文字是由草書書寫。因為過於潦草，她看不出上頭的文字是什麼。

走近一瞧，以指腹描繪上頭的文字。倏忽之間，印記竟開始發亮，刺眼的光芒迫使她以手遮住雙眼。

「喀」一聲，門打開了。

光芒退去，沈墨晗睜開雙眼後，一臉詫異。她沒想到只是以指腹描繪印記上的文字竟意外開啟這扇神奇的門。

門的另一端被黑暗籠罩，沈墨晗嚥了一口唾沫，鼓起勇氣，邁開步伐，往另一端走去。

說也奇怪，她前腳才剛踏入，原先黑暗的環境在兩旁冒出火燭，順著她所在之處連綿到看不到的盡頭。

雖不知前方是否有危險，但，沈墨晗的好奇心作祟，一旦勾起她的好奇，沒有看到些什麼她不會善罷干休。

她繼續往前行，越往深處邁進，後方的燭火也一盞一盞熄滅，看來她沒有回頭的選項，只能筆直向前。

一路走來，沈墨晗注意到牆上的壁畫。場景大多是發生在海上，且有許多船隻在海上漂泊。壁畫中，有名女子手持燈籠，站在懸崖上，身旁站著兩名矮小的孩童。

看到這個畫面，她立刻聯想到林默娘，也就是媽祖。媽祖身旁的兩名孩童便是千里眼、順風耳。由此可知，這些壁畫是過去媽祖與兩位守護神一同守護大海安定的景象。

海上看似風平浪靜，實則暗潮洶湧，海底潛伏著許多伺機而動的妖怪。而媽祖則是海上漁民的燈塔，手中燈籠照耀出的光芒，指引了漁民回家的道路。

因為出身於海邊，沈家雖沒有從事漁業，但因為住家附近的叔叔、伯伯大部分都是從事養殖漁業，要不就是長年在海上工作，一年當中大約只有幾天會待在家裡。

沈墨晗對漁業並不是很了解，甚至覺得大海充斥著危險。但在長輩們述說著自己討海的經驗時，她仍洗耳恭聽，屏氣凝神在長輩們的故事上。

因此，媽祖的故事她自然是聽過。何況當地香火鼎盛的廟宇主要供奉的神明便是媽祖。她對媽祖真是再熟悉不過了。

沈墨晗不禁認為，她之所以會成為林默娘的轉世者，興許冥冥之中自有安排。

終於走到盡頭，在沈墨晗眼前又是一扇門。她思考著如何將門開啟時，那扇門竟自動打開了。

沈墨晗遲疑片刻，仍是走進門的另一端。這是一間房間，室內寬敞明亮。在房內有一張凹陷下去的床鋪，床鋪上有個玻璃罩罩住。沈墨晗走近一瞧，當她看到玻璃罩內的事物後，立刻退後一步，臉上爬滿驚恐。

床上躺著一名有著白皙肌膚的女人。女人緊閉雙眸，看起來像是睡著一樣。但，令沈墨晗感到恐懼的是，女人身上的打扮，竟是古代女子的穿著。樸素的淡藍色衣裳，頭髮上插著一隻翡翠簪子，翡翠的色彩清澈透亮，彷彿有靈魂似的，透露著光芒。

沈墨晗穩定情緒後，再次走上前，仔細打量躺在床上的女人。

越看越眼熟，這女人的長相她有印象，她肯定在哪裡見過。

沈墨晗的視線被一旁的畫像吸引，霎那，一切全都連結在一起了！

她瞪大雙眸，不敢置信地看向床上的女人。

——她是林默娘。

下一秒，沈墨晗搖了搖頭，不管怎麼說，林默娘都已經是幾百年前的人了，何況她都成仙了，是現代人口中的媽祖娘娘，她的屍首怎麼可能到現在還沒有腐敗，甚至出現在這個房間呢？

可是想想，這間辦公室是洛氏兄弟的根據地。當初歷史記載只寫到林默娘是為了海上漁民奔波，最終疲勞過度而死。死後的林默娘神格化為媽祖，林默娘的屍首安葬於何處，這些史書上並未記載。

轉念間，她產生一個疑問。倘若林默娘仍活在這世上，那轉世者一說又該如何解釋呢？目前她已經遇到兩個前來復仇的妖怪，而洛氏兄弟，甚至是于隱都表示她就是媽祖轉世，那麼，這個被藏在密室裡的女人又是誰？

這時，沈墨晗感到頭痛難耐。她蹲下身，一手扶地，一手按壓在腦袋，腦中有畫面浮現。眺望著遠方的女子，一臉憂愁地看著大海。岸邊有幾艘無人小船，目前尚未看到任何大型船隻的身影。

海上風浪漸大，波濤洶湧，危機重重。

瞬間，有一大浪打上沙灘，在浪中，有一雙鮮紅的眼眸筆直地看向站在懸崖上的女子。

女子也注意到海中的異狀，低下頭，一臉凝重地注視著大海。

畫面就此停止，沈墨晗腦袋的疼痛感也消去一半。她揉了揉太陽穴，慢慢站起身。

「讓我看見這些畫面是想警惕我嗎？」沈墨晗心想。

霎時，沈墨晗的眼角餘光瞥到床上的女人，她懷疑自己看錯了，因為，剎那間，她好似看見床上的女人睜開了雙眼。

「這到底是怎麼回事？」沈墨晗喃喃自語道。

雖然只是一瞬間的事情，但沈墨晗卻為此寒毛直豎，怪陰森的。

不知道再繼續待下去會發生什麼事，而且被洛氏兄弟發現她闖入這裡，難保他們不會生氣……

思及此，沈墨晗便往門口的方向走去。走得過於倉促，以至於她沒有發現一張發票從褲子的口袋掉了出來。

ღ

從辦公室離開的沈墨晗，在準備離開校園時，遇到了洛氏兄弟。

「墨晗學妹，妳要回家了嗎？」洛千問。

沈墨晗先確認四周安全後，才回答洛千的問題，「對，我要回家了。」

洛千看沈墨晗神經兮兮的模樣，好奇地問：「墨晗學妹，妳左顧右盼在看什麼？」

「我在看四周有沒有伺機而動的女粉絲啊！因為你們倆是校園男神，我跟你們走在一起，真的很危險耶！」沈墨晗如實說道。

「很危險？有我跟風陪在妳身邊怎麼會有危險？」洛千一本正經地說。

沈墨晗輕嘆一口氣，「唉——就是跟你們在一起我才有危險。可能你們是神明，不太清楚人類的事，但是，千萬別小看人類的嫉妒心，尤其是女人，瘋起來真的很可怕呢！」

洛千似懂非懂地點點頭，「好像真是這麼一回事呢。聽妳這麼一說，我倒想起過去我跟風惹默娘生氣，默娘脾氣那麼好的人，生氣時真的好嚇人啊！」

「別把我跟你相提並論，惹默娘生氣的人分明就只有你一個。」洛風駁斥洛千的話。

洛氏兄弟爭論著誰惹林默娘生氣，聽他們討論熱烈，沈墨晗也被勾起興趣，「我沒記錯的話，你們是在林默娘還小的時候就遇到她了，對吧？」

「所以在你們眼裡，林默娘是個怎麼樣的人呢？」

「妳問我們默娘是怎麼樣的人啊？」洛千陷入思考。

洛風則是不疾不徐地說道：「幼時的默娘是個活潑卻又穩重的孩子，自小與我們玩在一塊，也常常捉弄我跟千，但是默娘的母親交代她的事她都如實完成，是個可以託付重任的人。」

「風說得沒錯。我還記得隨著默娘逐漸長大，她也出落得越發漂亮，也因為默娘長得太漂亮了，連隔壁村子的男孩都跑來一瞧默娘的長相。」洛千一臉得意地說。

聽著洛氏兄弟講述他們過去與林默娘相處的總總，沈墨晗覺得這比任何故事都還來得有趣且真實。

原本以為存在於神話故事中的傳說人物卻出現在她身旁，她甚至是「林默娘」的轉世者，對於這一切，沈墨晗仍感到不可思議。

「看來你們真的很喜歡默娘呢！」沈墨晗笑著說。

她看得出來洛氏兄弟與林默娘之間的感情深厚。

洛千、洛風相看一眼後，異口同聲地說：「那是當然的，我們可是默娘的守護神。」

聞言，沈墨晗不禁莞爾，內心不由得羨慕林默娘與洛氏兄弟之間的情誼。

最終，洛氏兄弟還是陪同沈墨晗回到租屋處。

他們沒有上樓，在租屋處外與沈墨晗道別。

與洛氏兄弟分開，沈墨晗正要往租屋處的電梯走去，突然，有個人從後方喚住她。

「墨晗。」

沈墨晗回頭一看，發現是于隱，她邁步走向他，「于隱，你怎麼知道我住在這裡？」

于隱面帶微笑，說：「剛剛知道的。」

聞言，沈墨晗不禁蹙眉，「你跟蹤我？」

于隱也不打算說謊，老實說道：「對，我剛才跟在妳跟兩位守護神的後方來到這裡。」

「你原本不是說要陪我回家嗎？你跑去哪了？」沈墨晗問。

「我去辦點事情，辦完後就一直跟在你們後方。」于隱淡然說道。

沈墨晗打算繼續追問下去，但是于隱卻突然走上前，伸手搭上沈墨晗的肩膀，「墨晗，妳該進去了。」

「我本來正打算進去，是你叫住我的耶。」沈墨晗抱怨道。

于隱愣了一下，旋即勾起唇角，柔聲道：「抱歉，我就是想，在妳進去前想再跟妳說說話。」

聽于隱這麼一說，沈墨晗將臉偏向一旁，害臊地說：「明天也會見到面，何必急於一時？」

于隱莞爾，說：「妳說得對……」然而，他的臉色卻突然沉了下來，「如果妳……是默娘的話……」

沈墨晗皺眉，抿了抿唇瓣，語氣難掩沮喪，「很抱歉，我並不是你心心念念的默娘，我是沈墨晗，我永遠不會成為你們心裡掛念的林默娘。」

「嗯，妳是沈墨晗，不是默娘。妳永遠無法成為她。」于隱平淡地說。

聽到于隱這麼說，沈墨晗的心裡越發鬱悶，覺得不太愉快，「你走吧，我要進去了。」語畢，沈墨晗轉身就走。

她像逃跑似地進入電梯，按下樓層按鈕，心裡仍煩悶地想要砸東西洩憤。

至於于隱，他目視沈墨晗進入電梯後，他眉頭皺起，心裡莫名感到一陣煩悶。

他搞不懂自己為何會有這種情緒，但是他很不喜歡這種心情，同時也意識到自己方才說錯話了。

「明天我一定要跟墨晗道歉才行。」于隱喃喃自語道。

進入屋內的沈墨晗，才剛打開客廳的電燈，便看見端坐在沙發上的洛氏兄弟。

「你們不是走了嗎？」沈墨晗問。

洛風跟洛千的臉色凝重，沈墨晗不禁懷疑是否發生了什麼事，否則，剛才已經離開的洛氏兄弟，怎麼又會出現在她的租屋處？

「墨晗，妳剛才跟于隱見面了，對吧。」洛風的這句話是肯定句。

「嗯，在你們離開後不久于隱就出現了。」沈墨晗並不打算隱瞞洛氏兄弟。

方才與沈墨晗道別後，洛氏兄弟並不急著離開現場，而是隱身於暗處，偷偷觀察于隱與沈墨晗的互動。

正如于隱能察覺到洛氏兄弟的隱身術一般，洛氏兄弟自然也能感應到于隱在跟蹤他們。他們沒有戳破于隱，自然有他們的道理。

「墨晗學妹，妳今天是不是有去辦公室？」洛千問。

沈墨晗原本不打算承認，但是看見洛風亮出一張發票，而發票上的明細就是沈墨晗今天早上在早餐店買的鮪魚蛋餅跟豆漿。

「……沒錯，我去過你們的辦公室。」沈墨晗認了，反正洛氏兄弟早就知道她有進入辦公室，再狡辯的話就不是沈墨晗了。

洛千嘆了口氣，無奈地說：「墨晗學妹，妳是不是有打開辦公室的另一扇門？」

「是。」這次沈墨晗沒有半點猶豫，立即回答道。

「妳不能進去的。」洛風說。

「為什麼不能？因為那個房間藏著一具屍體？而那具屍體的主人是林默娘？」沈墨晗咄咄逼人，她不想再被蒙在鼓裡，她也想知道怎麼保護自己，甚至，怎樣才能讓自己免於死亡。

洛風愣了一下，很顯然的，他很訝異沈墨晗會這麼說。

「墨晗學妹，事情不是妳想的那樣。」洛千解釋道。

「呵。」沈墨晗冷笑一聲，「那你們告訴我，那個被藏在密室的女人到底是不是林默娘？」

洛風的神情有些緊張，「妳確定妳真的想知道嗎？」

聽洛風這麼一問，再加上他此刻的表情都讓沈墨晗確認一件事——真相，有多麼殘酷。

但，面對真相，她沒有半點恐懼，「嗯，我真的想要知道自己到底會發生什麼事。身為當事人，我想我有權利知道我將來可能發生的一切，還有，我該如何幫助我自己，不是嗎？」

「話是這麼說沒錯啦。」洛千感到難為情，畢竟他跟洛風本來並不打算這麼早對沈墨晗坦述一切。

「我們可以把真相告訴妳。」洛風嚴肅地看著沈墨晗，「然而，知道真相後，希望妳別再拒絕我跟千的保護。」

「對我們而言，妳是很重要的存在，我們不希望妳受到任何一點傷害。」

沈墨晗用力頷首，堅定地說：「好！我答應你們。」

達成協議後，洛氏兄弟先以術式隔絕空間，避免他們講述的祕密被偷聽。

「接下來我們要告訴妳關於轉世者的祕密。其實……」

第三章－轉世者

「如果可以的話，我們真的不打算告訴妳的。這個祕密涉及太多事情，而且都是攸關於妳的生命安全。」

「正因如此，我才更應該知情，不是嗎？」沈墨晗偏頭看著洛氏兄弟。

洛氏兄弟沒辦法反駁。

「……媽祖的轉世者都為女性這點妳應該知道吧。」洛風問。

沈墨晗頷首，等著洛風繼續說下去。

「身為轉世者，一出生身上便會帶有特殊的印記，是屬於轉世者的證明。對妳來說，蓮花胎記就是妳身為轉世者的證據。蓮花盛開，代表著妳的轉世即將完成。一旦轉世完成，轉世者若沒有在所剩的時間內消滅百年前尚未被默娘封印的妖魔，轉世者的壽命將走到盡頭。」

聽到最後，沈墨晗憤怒地說：「什麼意思啊？為什麼林默娘留下的爛攤子要我去解決？而且，就因為沒有在時限內封印妖魔，我就會死？這也太爛了吧！」

雖然早就知道自己活不久，然而，沈墨晗仍然僥倖地認為自己可以破解家族的詛咒。

可是，現在知道自己命不久矣的真相，沈墨晗的力氣像是被瞬間抽離似地，她雙腿一軟，癱坐在地。

洛氏兄弟見沈墨晗癱坐在地，他們立即上前攙扶她，才剛伸出手立刻就被沈墨晗拍開。

「你們還瞞著我什麼事嗎？我們沈家的詛咒，擁有特殊胎記的孩子大多是女生，而且活不過二十歲，這與轉世者的命運有關嗎？」

洛氏兄弟的沉默，就是默認沈墨晗的猜測。

她喪氣地從地上站起，伸手拉過一旁的小板凳，坐在板凳上，長嘆一口氣，「唉，怎麼會這樣……」無緣無故成為林默娘的轉世者，沒想到沈家詛咒的事也跟轉世者有關……

「墨晗學妹，妳別急著放棄。我跟風很努力在尋找妖魔的所在之處，只要盡早將其消滅，妳就能活下去，過上妳嚮往的安穩生活。」洛千試著安撫沈墨晗的情緒。

洛風也急忙搭腔，「墨晗，我知道妳現在腦中一定很混亂，這也是我們當初不願意告訴妳的原因。我跟千都積極地找尋妖魔的下落，無奈到現在仍遲遲沒有線索。」

沈墨晗已經想開了，盡可能保持樂觀，「沒關係，反正現在我知道真相了，我會更努力地過日子，也會盡快學會操控術式，不然的話，我還真的只有死路一條呢。」

室內的氣氛有些凝重，攸關一個人的生死，何況，這又是洛氏兄弟最關心的轉世者。他們眼睜睜看著無數轉世者在面前失去生命跡象。

無論是病死、意外過世……他們看過太多、太多轉世者的離世。

洛氏兄弟很欣賞沈墨晗的勇氣，畢竟大多數轉世者在知道真相後，有些人因為不堪壓力，覺得自己無法勝任這個責任，於是，便以最極端的手法結束自己的生命。

也有些人擁有像沈墨晗一樣的勇氣，不過，當她們在尋找的過程中不斷碰壁，並且遭遇過更多危險後，她們選擇了放棄，接受了自己的命運，在時間終止時，生命畫下了句點。

「可是，我有一個搞不懂的地方，我們沈家，到底跟林默娘有什麼關係？不然的話，沈家怎麼會被詛咒？」沈墨晗向洛氏兄弟提出疑問。

洛氏兄弟似乎也料到沈墨晗會提出這個問題。

「其實妳今天在辦公室內的房間看見的女人就是默娘。說是默娘，其實是默娘的靈魂碎片，因為狀態不穩定，我跟千才會將默娘的靈魂放在帶有術式的玻璃罩裡面。」洛風說。

沈墨晗挑眉，疑惑地問：「所以跟我們沈家有什麼關係？」

洛風接著說下去，「當年因為妖魔襲擊，默娘缺失部分靈魂，雖然成功神格化，但是因為靈魂不完全，神格化的默娘，力量其實也不完全。據我跟千調查，你們沈家擁有默娘的靈魂碎片，也因為你們沈家女子身上帶有默娘的氣息，導致那些懷恨在心的妖魔纏上你們沈家。有些轉世者是被妖魔殺害，而有些轉世者則是無法順利完成使命，最終含冤而死。」

沈墨晗恍然大悟，「所以你們辦公室的那些畫像都是轉世者，也就是我的祖先？」

「正是如此。」

沈墨晗咬著下唇，艱難地說：「原來這就是我們沈家詛咒的真相啊！」

既然如此，沈墨晗也有了更努力學習操控靈力的理由了。

「好，我決定了。」沈墨晗拍了拍自己的臉頰，重振精神。

「墨晗學妹，妳願意相信我們嗎？」洛千擔憂地問。

他必須確認沈墨晗是真的已經決定好要與他們一同尋找妖魔的下落，如此一來，他們才能放心。

沈墨晗堅定地點點頭，嘴角勾起自信的笑容，「除了相信，我還能怎麼辦呢？我不喜歡把自己的命運交給其他人，我要靠自己的手扭轉命運！」

她是個固執的人，只要是關乎自己的事情，她會盡最大的努力去爭取，並且，為了得到她想要的事物而豁出去。

洛氏兄弟也露出了釋懷的笑容。洛千說道：「真不愧是我們的主人，墨晗學妹妳好棒！」

洛風點點頭，表示認同。

沈墨晗雙手交叉抱胸前，埋怨道：「這種事情明明可以在第一次見面的時候就告訴我，偏偏要我逼問你們才要說，真是的。」

洛千搔了搔頭，為難道：「我們也有很多顧慮，還請妳見諒。」

沈墨晗也了解洛氏兄弟的為難之處，真相，確實不是那麼輕易就能說出口。

「我理解你們，但，之後只要有關我或是我的家人的事情，希望你們都能如實告訴我。」

沈墨晗不希望自己再被蒙在鼓裡，她希望她能夠掌握自己的命運，同時，她也想在她這一代就破解沈家的詛咒。

3

成為大學生已經過了一週，週末，沈墨晗決定回老家一趟。

反正只隔著一個縣市，坐火車半小時就能到家，沈墨晗早已決定，只要週末沒有事要忙，那就回家吧。

聽到沈墨晗要回老家，洛氏兄弟想當跟屁蟲，沈墨晗不反對，反正他們也是為了保護她，只要不要在她家人面前露臉，她也就隨他們的意思。

回老家前一天，沈墨晗與于隱的互動頻繁，但是她並沒有告訴他自己週末要回老家的事。

于隱對她而言也不算是特別的存在……應該吧。

之前因為有于隱的保護她才能免於被妖魔攻擊，可是，她並不清楚于隱的目的，因此，她不敢貿然讓他同行。

出發回老家的這一天，沈墨晗和洛氏兄弟一同搭火車南下。

他們約好在C市火車站的大廳會合，沈墨晗在約定的時間前抵達，到超商買了一杯熱拿鐵，悠閒地坐在大廳的椅子上等待洛氏兄弟出現。

倏忽，大廳內開始騷動，沈墨晗放下手中的拿鐵，轉過頭察看，看到的便是戴著墨鏡的洛千以及戴著全罩式耳機的洛風。

因為洛千戴著墨鏡，看不出他那厭倦至極的眼神，倒是可以看到下垂的嘴角，透露出他的不愉快。至於洛風，他板著臉與洛千並肩走向沈墨晗。他的眼神凶狠，恨不得滅了萬惡的噪音。

沈墨晗站起身，端著拿鐵走向他們，「學長們早安。」

洛千沒有摘下墨鏡，洛風也沒有拿下耳機，兩人莞爾一笑，同聲說道：「早安。」

沈墨晗很好奇他們倆為何如此打扮，問道：「洛千學長不摘下墨鏡嗎？」她又接著看向洛風，「洛風學長不拿下耳機？」

被沈墨晗這麼一問，洛千無奈地嘆了口氣，「唉——墨晗學妹，妳不知道我們有多辛苦啊！」

沈墨晗確實不理解他們為何會感到辛苦，「為什麼？」

洛千終究還是摘下墨鏡。拿下墨鏡後，他先是閉緊雙眼，甚至伸手揉了揉眼睛，痛苦地說：「今天的太陽火辣到我的眼睛都快瞎了！」

洛風也拿下全罩式耳機，煩躁地說：「這裡的噪音大到我要聾了。」

「噗哧——」沈墨晗笑了出來。她終於理解他們倆為何一個戴著大墨鏡，一個戴著全罩式耳機，沒辦法，誰叫他們一個是千里眼，一個是順風耳呢。

「真是辛苦你們倆了，不過，洛風學長平時也沒戴耳機，洛千學長也沒戴墨鏡啊！」沈墨晗說。

洛千苦笑了笑，「平時有用術式保護眼睛，風則是塞了耳塞。我們倆除了上課之外，基本上都待在辦公室裡，根本不會沒事跑到人多處或是太陽下自討苦吃。」

洛風不停點頭，看來他也吃了不少苦頭。

沈墨晗想著，之後跟洛氏兄弟見面時得更加顧及他們的感受才行。

即使他們是神明，是她的守護神，但他們也會受傷，會感到不舒服，沈墨晗覺得以後該對他們好一點。

「話說，你們需要買票嗎？」沈墨晗問。

既然洛氏兄弟擁有來去無影蹤的能力，那他們還要特地買票嗎？

洛氏兄弟默契極佳，兩人都伸手從口袋掏出一卡通。

沈墨晗挑眉，「哦，原來你們也會用一卡通啊。」

「神明也要跟上時代的潮流。」洛千正經地說。

洛風贊同地點點頭。

「是嗎，那就方便多了。我們直接進站吧，火車快到了。」沈墨晗從錢包內掏出學生證，學生證也可以充當一卡通使用多方便啊。

三人進站後，火車正好抵達。

因為C區較偏遠，只有區間車才有靠站，到站後還需要搭乘公車，才能夠到達沈家。

一路上，沈墨晗簡單問了些關於妖魔的問題，洛氏兄弟也細心地為她分析現況，並且告訴她有關於他們一直無法找尋到那隻妖魔的原因。

「其實我們也不太確定妖魔屬於哪種妖怪，因為當時我們根本看不出他是妖魔。」

「咦？為什麼？」沈墨晗感到疑惑。

依照她目前遇過的妖魔，大多都可以從外觀判斷是否為妖魔，而且他們都很直接地表明目的，所以沈墨晗不解為何會有無法辨認出的狀況。

據洛氏兄弟所說，多數的妖魔都有屬於自己的名字。名為何物，「名」便代表著被賦予的生命。萬物皆有生命，妖魔也是從各式各樣的生命體演變而成的。

沈墨晗熟知的妖魔不多，換句話說，在尚未遇到洛氏兄弟、于隱前，她根本不相信這世界上存在著妖魔。

這也是為什麼在她第一次見識到妖魔的恐怖時，會如此恐慌。

洛風的手托著下巴，嚴肅地說：「那是個幻化成人類的妖魔。」

「哦？」沈墨晗被吸引了注意力，想繼續聽下去。

「會幻化成人類的妖魔肯定很厲害。」沈墨晗心想。

洛千接著說下去，「當年默娘與他相遇時，甚至把他當作普通人類看待，但是沒想到，他是妖魔，而且是連當時的默娘都無法滅除的強大妖魔。」

沈墨晗聽得很認真，目不轉睛地看著洛氏兄弟。

既然是連媽祖也無法除滅的妖魔，即使她學會操控靈力，她真的可以消滅妖魔嗎？

「他現出原形的時候，是在默娘的父親及兄長出海即將歸來時，妖魔引發大浪，將默娘的父親、兄長以及漁民們都捲入水中，默娘當時為了救落海的家人及漁民，她先是施展大規模的術式，接著又與那妖魔一鬥，卻不知妖魔的實力太強大，就算有我跟風出手幫忙，也沒辦法降伏，甚至還被他順利逃脫。」

沈墨晗聽洛千這麼說，越發沒自信，「這樣我還有勝算嗎？」

洛風拍了拍她的肩膀，安撫道：「沈墨晗，妳先別擔心。雖然我們所剩的時間不多，但，還是值得嘗試看看。沒試過，怎麼知道做不到呢？」

洛風的這一席話鼓勵了沈墨晗，她微微頷首，重新打起精神。

「我一定要努力才行。」沈墨晗在心底為自己加油打氣。

ღ

半小時過去，沈墨晗與洛氏兄弟下了火車，接著搭乘公車進入C區，路程大約十多分鐘。

沈墨晗的心情越發激動，隔了一週，她就快要見到家人了。她是個戀家的人，不想離家太遠，便就近選擇S大讀書。至於她的弟弟，雖然他在北部讀書，但這個週末他也會回老家一趟。

明明才幾天沒有見到雙胞胎弟弟，沈墨晗的內心卻很想念沈墨誠，她心愛的弟弟。

公車到站，沈墨晗與洛氏兄弟步行大約兩百公尺後終於抵達沈家。

三層樓透天厝，家門外有個小庭院，年幼時，庭院便是她與弟弟追逐嬉鬧的樂園。

她按下遙控器按鈕，鐵捲門緩緩上升，直到鐵捲門完整升起，沈墨晗進入屋內，大聲說道：

「我回來了。」

沈墨晗興高采烈地進到屋內，洛氏兄弟幫她拖著行李跟在後方。

「墨晗回來了！」沈母早已聽見動靜，看見沈墨晗踏入屋內，她匆忙上前，張開雙臂，抱住沈墨晗。

沈墨晗也回抱住沈母，「媽，我好想妳啊！」她又接著張望四周，沒有看到沈父的身影，「爸呢？他不在家嗎？」

沈母鬆開她，這樣比較好說話，「妳爸他去高鐵站接墨誠，等會兒就回來。妳爸他知道妳要回來，還開車去買妳愛吃的豆乳雞，妳看妳爸多疼妳，我都要吃醋了。」

沈墨晗笑得眉開眼笑，「嘿嘿，爸也很愛媽媽呀，我不過是分到他一點點的愛罷了。」

沈母無奈地笑了笑，「妳爸爸他就是個女兒奴，我這老婆子已經比不上年輕姑娘了。」

沈墨晗並不認同沈母說的話，「媽，妳很年輕，皮膚好，身材好，樣貌也好，妳這麼好的一個人，在爸爸心裡肯定是第一順位的。」

沈母被沈墨晗逗笑，「唉呦，我才沒妳說得那麼好。」

「在我心裡，媽媽就是如此。」沈墨晗理直氣壯地說。

這時，沈母的目光注意到門口處的洛氏兄弟。她瞇起眼睛，開玩笑道：「墨晗，後方兩位帥哥是誰啊？該不會是妳的男朋友？」

「才不是！」沈墨晗急忙否認。

沈母覺得事情別有蹊蹺，挑眉，好奇問道：「誒？那他們是誰？兩位帥哥竟然跟著妳回家還幫妳拖行李？墨晗呀，從實招來比較好哦。」

沈墨晗默默嚥了口唾沫，她實在不知道該怎麼向沈母解釋她與洛氏兄弟的關係。她總不可能對沈母說自己隱藏的身分以及背負的使命，更別說洛氏兄弟是千里眼及順風耳吧。

誰會輕易相信她啊！一定會將她視為神經病看待！

霎時，屋外傳來汽車熄火聲以及鐵捲門降下的聲音。沈墨晗眼睛一亮，她的救星來了！

果然，沈墨晗的雙胞胎弟弟沈墨誠率先走進屋內，沈父則跟在他後方。

當沈父看到沈墨晗時，激動地立刻抱住她，「小晗！妳可回來了，爸爸好想妳！」

沈墨晗依偎在沈父懷裡，趁機蹭了幾下，撒嬌道：「小晗也很想念爸爸，我這次回來就是要教你使用視訊，之後我們就能用手機視訊通話啦！」

沈父伸手摸了摸沈墨晗的頭髮，溺愛地看著她，「週日回去嗎？今晚要不要陪爸爸喝一杯？」

沈墨晗擺擺手，笑著說：「不了不了，我明天還有事要忙，我怕喝了酒我明早就起不來了。我週日晚上回去，開學第二週就要正式上課了。」

當沈父聽到沈墨晗週日晚上就要離開，他的臉沉了下來，神情黯淡，「小晗，妳真的不打算留在爸爸身邊，跟爸爸、媽媽一起工作嗎？爸爸也不在意妳的學業如何，只要妳為人善良，不要學壞，跟在爸爸身邊工作，也不錯啊！」他又看向沈墨誠，「小誠你也是，跑到那麼遠的地方讀書，若你在外出了什麼事，爸爸照顧不到你，爸爸會內疚啊！」

沈墨晗和沈墨誠互看一眼，彼此都無奈地笑了笑。

「爸，你太誇張囉。我跟墨誠都大了，再繼續賴在家裡，我們就成了爸寶跟媽寶了。」沈墨晗笑著說。

沈墨誠點頭表示認同。

沈父受到嚴重打擊，先是女兒的成長不說，再來又看到站在女兒身後的洛氏兄弟，他直覺認為，他們就是女兒的男朋友候補人選啊！

他伸出食指，指著洛氏兄弟的食指還微微顫抖，「小晗，妳身後的兩個男生是誰？」

「是我的學長啦！」沈墨晗就知道沈父會誤會，她還是一口氣解釋清楚好了。

沈墨晗向左挪動一步，讓沈家人的視線聚焦到洛氏兄弟身上，「這是我在S大的學長，洛千、洛風，教授派了作業，要他們到鄉下做田野調查，所以他們就跟我一起回來了。」這是沈墨晗與洛氏兄弟討論出的應對之策。

洛千也不疾不徐地說：「沈媽媽、沈爸爸好，我跟風有幸認識墨晗學妹，也很感謝墨晗學妹願意帶著我們到C區進行田野調查。」洛千謙虛有禮地說。

不得不說，看到洛千正經八百的模樣，沈墨晗打從心底感到不習慣啊！

而洛風的性格就比洛千穩重些，面對沈墨晗父母的疑問，他的回答依然是中規中矩。

「您好，我是洛風，是S大二年級的學生。沒有事先告知便來訪，請兩位見諒。」

沈父、沈母呆若木雞地站在原地。沈墨誠的臉上沒有太多的反應，他向洛氏兄弟微微頷首後，拉著自己的行李往房間走去。

沈墨晗的眼神在父母與洛氏兄弟間來回飄盪，父母一直不給出反應，可讓她很著急啊！

「墨晗……」

沈墨晗等著沈母繼續說下去。

「妳這兩位學長長得可真俊俏，妳是怎麼認識他們的啊？」沈母走上前，輕拍洛千的背，「同學，我們墨晗受你照顧了，謝謝你。」

沈墨晗頭上冒出無數個問號，「現在是怎麼樣？和平落幕？」

更令沈墨晗訝異的是，沈父竟然落淚了！

他伸手重拍洛風的肩膀，激動地說：「我們小晗就拜託你多照顧了，謝謝啊！」

洛千、洛風此時神色泰然，看起來並沒有受到太多衝擊。沈墨晗則是偷偷拭去冷汗。

這樣相見歡的畫面正常嗎？

ღ

令沈墨晗更為驚訝的還在後頭，洛氏兄弟甚至留在沈家吃午餐！

縱然沈父、沈母極為好客，但，對於初次見面的洛氏兄弟馬上就以禮相待，真的很神奇啊！

方才聽見外頭動靜，沈母放下手邊工作迎接沈墨晗以及沈墨誠，如今午餐尚未準備完畢，她又接著回到廚房，繼續準備午餐。

等待的時間，沈墨晗先帶著洛氏兄弟到濱海公路旁的人行道散步。

沈家離堤防不遠，過個馬路就到了。

「墨晗學妹，妳的父母人真好，好像從以前到現在都是如此呢！」洛千說。

沈墨晗挑眉，問道：「你們真的從我還小的時候就在監視我啊？」

「那不是監視，是保護。」洛風糾正沈墨晗的用詞。

沈墨晗就知道洛風會這麼說，她也看開了，都過去了，該看見、不該被看見的黑歷史都被看光光……

走到沙灘上，烈日當頭，沈墨晗以手遮擋日光，洛千又戴起墨鏡，畢竟他的眼睛可珍貴了。

沈墨晗瞥了他一眼，一時沒忍住，「噗哧——」

「墨晗學妹，妳也想來一副墨鏡嗎？」

「不了，我的眼睛可沒你脆弱。」沈墨晗調侃道。

洛千冷笑幾聲，「呵呵，妳還真是愛開我玩笑。」

聞言，沈墨晗笑得更放肆了。

洛千拿她沒轍，只好加快腳步，走到沈墨晗面前，反正眼不見為淨就好。

走著走著，沈墨晗也越發靠近大海。她記得年幼時的自己很喜歡眺望大海，大海在陽光照射下反射出晶光。波光粼粼的海面，由海上吹來的風帶著一股鹹味，是沈墨晗熟悉的味道。

她脫下鞋子，打著赤腳走進海裡。一剎那，有畫面湧進腦海，一張張似曾相似的畫面出現在她的記憶裡，但她很清楚，那不是她原始的記憶。

那一天，「她」似乎也是像這樣走入海中，拯救了一條水蛇，而那條水蛇擁有著深藍色的眼眸，就像……于隱瞳孔的顏色一般。

沈墨晗不禁皺眉，不懂那些畫面為何會湧入腦中，而出現在記憶中的那條水蛇又跟于隱有著什麼關係呢？

「沈墨晗！」

洛風大聲呼喚她的名字，但是她就像是沒聽見似的，沒有半點回應。

洛風乾脆將手搭在沈墨晗肩上，再次大喊她的名字。

沈墨晗這才回過神來，雙眼逐漸對焦，意識漸漸恢復。

她一手按著太陽穴，有些暈眩感，身體搖搖欲墜。

洛風及時攙扶沈墨晗，渡了一些靈力給她，讓她的不適感舒緩些，「還好嗎？還是很不舒服嗎？」

「我好很多了，謝謝你。」沈墨晗牽強地勾起笑容。其實她的頭仍有些暈眩，但與方才相比已經好許多了。

洛千一臉擔憂地看著她，「墨晗學妹，妳剛才發生什麼事了？妳突然開始發呆，我跟風叫了妳好幾聲妳都沒反應，而且身體狀況還突然變差，究竟發生什麼事了？」

既然洛千這麼問，沈墨晗也老實地將方才腦中出現的畫面說出口，「剛才我的腳一踏入海中，腦袋瞬間湧入一些不屬於我記憶的畫面。在畫面中，有一條水蛇，而且『我』好像跟他玩得很開心。有一點很奇怪的事，看著那條水蛇，就讓我想到于隱。」

「于隱？」洛風皺眉。

洛千同樣感到匪夷所思，他跟洛風都不曾想過……于隱，有可能是動物修練成人的。

沈墨晗並不知道洛氏兄弟的想法，但是她見到于隱的第一天就覺得于隱的身分不簡單。

話雖如此，她想的沒有洛氏兄弟那麼複雜。

「小晗——吃飯囉——」

沈父的聲音從堤岸的另一邊傳了過來。

聞其聲，沈墨晗拉開嗓門，大聲回應道：「好——我們這就回去。」

趁著沈墨晗回應沈父的時候，洛氏兄弟在腦中進行對話。

「千，我覺得墨晗跟過去的轉世者不太一樣。」

「嗯，我也這麼認為。以往的轉世者對過去的記憶都沒有任何印象，但是墨晗學妹卻看到了！」洛千回應道。

這真的是洛氏兄弟從未遇過的狀況，代表著一件事——沈墨晗與林默娘之間的聯繫之深，連記憶都能互通。

「兩位學長，我們先回去吃飯吧。」沈墨晗已經走到半路，發現洛氏兄弟沒有跟上來，回頭呼喊他們。

洛氏兄弟結束短暫的對話，恢復常態，往沈墨晗的方向走去。

可是，他們腦中都一閃而過一種假說：如果沈墨晗是最接近默娘的存在，代表這次消滅妖魔的機率大為提升了。

但前提是，沈墨晗願意接受嚴厲的訓練，好讓她的靈力盡快覺醒。

享用完沈母用心準備的午餐後，洛氏兄弟也準備離開沈家。

雖說離開，也只是躲在暗處默默保護沈墨晗，不會離開太遠。

洛氏兄弟要離開時，沈父、沈母還不捨地站在大門外歡送他們。沈墨晗看到這一幕，眼角抽蓄了好幾下，她覺得洛氏兄弟肯定對自家父母施了術式……

送走洛氏兄弟，沈墨晗終於能回到自己的房間休息。

她無視倒在地上的行李箱，也不管自己身上有汗臭味，因為過於疲憊，她索性直接倒在床上，感受床鋪的柔軟，沈墨晗忍不住發出一聲喟嘆。

開學才一週，她尚未習慣大學生活，接著又遇到種種危機，她這幾天過度疲勞，連覺都沒睡好。

躺在床上半晌，睡意立即侵襲，眼皮子似有千斤重，漸漸的，她就這樣睡了過去。

沈墨晗陷入熟睡後，洛氏兄弟憑空出現在她的房間。

他們一直隱身於沈家，雖然進入女生閨房實屬不禮貌的行為，但是他們又不是第一次這麼做了，也沒放在心上。

「越靠近海邊，妖魔的數量越多，千，你守著墨晗，我去沈墨誠的房間看看。」洛風平淡地說。

洛千微微頷首，他張開術式，在沈墨晗身旁形成一層防護罩。他接著掏出手機，戴上無線耳機，開始看影片。

洛風則消失在沈墨晗的房間，來到沈墨誠的房間。

沈墨誠並沒有在房中，洛風試圖追蹤他的氣息卻無法順利追蹤。

他的房間擺設相對於沈墨晗來說單調許多。黑白系列的裝潢，壁紙、書桌、床單，甚至是電腦桌椅全都是黑白配色。

洛風挑眉，他發現一張有趣的照片。那是一張全家福，後方是一望無際的大海，沈家人一家四口站在沙灘上，但，沈墨誠的身旁又站著一個人。

ღ

站在沈墨誠身旁的人，明顯不是沈家人，因為照片中，沈家人身穿同款棉T，但是那一人卻沒有。

洛風一看便知，那是亡魂。一般而言，人類是看不見亡魂的。為了區分陰、陽兩個世界，陰界的亡魂基本上都無法碰觸、傷害陽界的人、事、物，反之，陽界的人類也看不到陰界的亡魂。

兩個世界同時存在，卻不能相互交流，必須藉著與陰界有往來的特殊人士才有機會進行間接溝通。

但是，這張相片的特殊之處就在於，當按下快門拍下照片時，沈墨誠的視線其實有些飄移，瞥向他身旁的亡魂身上。

洛風很震驚，沈墨誠能夠看得到亡魂有兩種可能：一，他擁有陰陽眼，擁有能夠看到陰界事物的眼睛；二，他與陰界的人有往來。有的人即使沒有陰陽眼，但因為與陰界事物有聯繫，從中達成協議，便可與陰界有所往來。

洛風不曉得沈墨誠屬於哪一方，但就算是情況比較簡單的陰陽眼，事態也很嚴重。

既然沈墨誠能看見陰界事物，代表他也看得清他和洛千的真實身分。

可是……方才他卻沒有任何舉止，神色自然，隱藏得很好。

這也讓洛氏兄弟失去了戒心。

他迅速回到沈墨晗的房間，想趕緊把這個驚人的消息告訴洛千。殊不知，洛千竟然趴在床緣睡著了！

洛風動怒，當他認真調查事情時，洛千竟然窩在冷氣房裡睡覺！

他伸手用力搖晃洛千的肩膀，「洛千，你給我醒來！」

「什麼啊……我正睡得香甜呢。」洛千伸了個懶腰，揉揉惺忪睡眼。

洛風也不顧及洛千是他名義上的哥哥，抬手就往洛千的腦袋用力一敲，並在腦中怒罵他，「我不是要你好好保護墨晗嗎？你怎麼睡著了？」

洛千吃痛地閉上眼睛，將手按在洛風重擊的位置，他也在腦中大聲回應道：「風，你下手很重耶！超痛的！」

「你自己做錯事你不知道？」洛風已是怒火中燒，惡狠狠地瞪著洛千。

洛千心虛地笑了笑，揮揮手，讓洛風別太在意。

洛風知道現在不是生氣的時候。他調整呼吸，穩定心緒後才開口道：「千，沈墨誠他可能知道我們的真實身分。」

洛千瞬間收起玩笑心態，肅穆地看著他，「怎麼回事？」

「沈墨誠好像能夠看見陰界事物。」洛風說。

洛千挑眉，「怎麼說？」因為他根本感覺不出來沈墨城有哪裡奇怪的地方。全身散發的氣息很正常，就是普通的氣息。至於他身上也不帶有任何靈力，怎麼看都是個正常的人類。

「沈墨誠的房間裡有一張大合照，那是一張沈家的大合照，然而，在沈墨誠身旁卻站著一個亡魂，而沈墨誠好似看夠看見它。」洛風向洛千解釋道。

洛千瞪大眼睛，慌張地說：「如果他真的可以看到的話，那我們不就……」

他立刻聯想到方才洛風擔心的事。

「風，如果事情真如你猜想的那樣，那我們的身分不就曝光了！」

「先別過度擔心。我也只是針對那張照片沈墨誠飄移的視線做個猜想，尚未證實沈墨誠是否能看穿我們的真面目，我們先別想太多。」

心急只會讓他們顯得更可疑，既然目前沈墨誠沒有任何詭異行徑，他們就繼續觀察就好，急著出手可能會功虧一簣。

畢竟關乎身分敗露的問題，行事得更加小心謹慎。

「唔……你們倆怎麼都在我房間啊？」

聽到沈墨晗聲音的兩人，一同望向她的方向。

因為洛千每次解釋只會越描越黑，因此洛千果斷交由洛風回答。

「為了保護妳，所以我們不會離開妳太遠，當然，我們也不會觸犯到妳的隱私。」洛風一副理所當然的模樣。

洛千在一旁拍手叫好，「沒錯，風說得都對。」

沈墨晗則是頭上三條線，「你確定你們沒有侵犯我的隱私權？我睡覺的模樣都被看光光了啦！」

「我們是看著妳長大，妳睡覺的模樣我們早看過了。」洛風說。

「……」

沈墨晗真想打電話報警。

這裡有兩個變態啊！

「所以兩位學長要繼續待在我家，不打算離開？」

「沒錯。」洛氏兄弟異口同聲說道。

沈墨晗扶額，無奈地嘆了口氣，「我幹嘛挖坑給自己跳啊？」

而且還是個深坑，是無底洞啊！

「誒誒，墨晗學妹，我們有事想問妳。」洛千輕聲說道。

「什麼事？」沈墨晗輕描淡寫地說。

洛千與洛風對望一眼後，由洛千開口：「你弟弟他有沒有一些怪異的舉動？」

「怪異的舉動？墨誠有什麼怪異的舉動嗎？」沈墨晗不覺得自家弟弟有什麼怪異之處。

她跟沈墨誠是雙胞胎姐弟，從小感情融洽，沈墨誠為人正直、老實，相處這麼長時間，她真的不覺得自家弟弟有什麼奇怪的舉動。

洛千搔搔頭，有些難以啟齒，「呃……這個嘛……」

「我們懷疑沈墨誠可以看到亡魂。」洛風簡潔有力地說。

「蛤？墨誠他可以看到亡魂？」沈墨晗感到不敢置信。

「嗯。」洛風以鼻音回應她。

沈墨晗用力搖頭，否定洛風地說法，「不可能，墨誠怎麼可能看得見亡魂！我們家就只有爺爺看得見，但那也是因為爺爺有陰陽眼，目前還在世的沈家人就屬爺爺最特別，其他人根本看不見啊！」

沈家從事命理、風水事業，但是頂多也只能感應到，而無法親眼所見，這點沈墨晗跟沈父確認過了，絕對不會有錯。

至於沈母，沈母娘家那一方也從事與神明有接觸的行業，可沈母這一輩已經沒有人能夠直接與神明溝通，所以沈母也不會有看到亡魂的機會。

聽完沈墨晗的分析後，洛風陷入沉思。

擁有陰陽眼是好是壞因人而異，但，依照他幾百年來接觸過的案例，有陰陽眼的人類通常都因此而不堪其擾。

一旦被鬼魅、妖魔知曉你擁有陰陽眼，他們會因為能夠被看見而接近你。可能會捉弄你，或是利用你。當然，也會有不安好心的人類利用自己的陰陽眼與妖魔合作做壞事。

至於沈墨晗，她是因為身上的蓮花胎記盛開才看得到妖魔，在那之前，她可是過得很安逸，甚至不相信妖魔鬼怪一說。

「沈墨晗，妳再仔細回想一下，這幾年下來，妳弟弟真的沒有一些怪異的舉動嗎？如果有的話希望妳能夠如實告訴我們，因為這件事攸關我跟千身分暴露的問題。若是被發現，恐怕我們以後很難待在妳身邊守護妳了。」洛風直接告訴沈墨晗事情的嚴重性，希望她能夠將她所知的全數說出。

沈墨晗身體微僵，被洛風這麼一說讓她也跟著嚴肅起來。感覺太散漫的話會被洛風責罵。

「好吧，我回想一下，給我一點時間。」沈墨晗淡淡地說。

洛氏兄弟一齊點頭，不再發言，給沈墨晗獨自思考的時間。

ვ

沈墨晗陷入沉思。在沈家，擁有胎記的孩子有不同的命運。備受疼愛的，被冷落忽視的，沈家多年來深受詛咒之苦。
話雖如此，沈墨晗卻認為自己很幸運。因為她，是沈父、沈母的寶貝。
論及沈墨誠有哪裡怪異，沈墨晗還真的完全沒印象。
沈墨誠從小就很安靜，聽說一出生哭沒幾下就停止哭泣，反倒是她，長輩們抱著哄了好久才止住哭聲。然而，依據歷史故事紀載，林默娘出生時，便是因為不哭不鬧，因此被取名為默。
可是她愛哭又愛鬧，這樣的她竟然是林默娘轉世，想來便覺得有趣。
不過，仔細回想後，沈墨誠的怪異之處好像還真的有那麼一回事。
忘了是從何時開始，沈墨誠就經常望著遠方，有時嘴裡還會碎碎唸，不知道在說些什麼。
當時沒有特別注意，也沒有詢問沈墨誠為何會時常望著遠方。他究竟在看什麼，沈墨晗至今仍沒有得到解答。
思忖許久，沈墨晗才開口道：「有一段時間墨誠常常把自己關在房間，到了吃飯時間也不出來。不過當時是國中大考前夕，他這麼做似乎也合情合理。只是，升上高中後，墨誠就經常望著遠方，至於他在看些什麼，我也沒問他。那陣子他自言自語的狀況很嚴重，莫名其妙冒出一句話，聽在我耳裡就像是胡言亂語。」
「還有什麼嗎？」洛風追問道。
沈墨晗努力翻找記憶庫，「嗯……我記得的狀況就這些，我所說的情況跟墨誠看得見亡魂有關嗎？」

「還需要觀察看看才知道是否有關。」洛風平淡地說。

叩叩——

倏忽，有人敲響沈墨晗的房門。房內三人同時望向門口。

「姐，伯父來了，他說要幫妳看運勢。」沈墨誠的聲音傳進房內。

沈墨晗先吞了口唾沫，才說道：「我知道了，我這就出去。」

「那我先回房了。」

腳步聲漸漸離去後，三人終於鬆了一口氣。

「呼——」沈墨晗長吐一口氣，畢竟方才討論的人就這樣突然出現在房門外，她心虛啊！

「墨晗學妹，妳的伯父是做什麼的啊？」洛千問。

「算命的。他算得很準，上一次伯父幫我算過，他說我有財運降臨，過沒多久，我對發票就中五百元了！」沈墨晗興奮地說。

洛千感到哭笑不得，「五百塊而已，有必要這麼開心嗎？」

沈墨晗瞪了他一眼，沒好氣地說：「你們神明不缺錢，但是對我來說五百塊不是小確幸，而是大確幸啊！你們都不知道錢有多難賺，現在物價上漲，一塊錢都珍貴。」

「浮誇。」洛千嘀咕道。

音量極小，但是沈墨晗的耳朵靈敏，一點小聲音也逃不過她的耳朵，「沒錯，我就浮誇，怎麼，有意見嗎？」

洛千還真的有意見，礙於沈墨晗的身分，他只好暗自忍下。然而，他的內心依然不甘心啊！

在一旁的洛風無奈地搖搖頭。洛千的表現像是神明該有的德性嗎？

很抱歉，完全不是。

沈墨晗懶得搭理洛千，自顧自地從床上離開，穿上拖鞋，走到梳理台前整理一下頭髮，「我出去一下，馬上就回來，你們別亂跑哦。」揮一揮衣袖，離開房間。

洛氏兄弟瞬間覺得他們被沈墨晗當做小孩看待了。「別亂跑」這不是對小孩說的話嗎？

沈墨晗離開房間後走到客廳，客廳的長椅上坐著三個人，沈父、沈母以及沈父的哥哥，也就是沈墨晗的伯父。

「伯父好。」沈墨晗禮貌地問好。

沈伯父面帶微笑地向沈墨晗招手，「晗丫頭，快過來讓伯父看看。」

沈墨晗快步移動到長椅前，在沈伯父身邊坐了下來。

「伯父，你今天怎麼有空過來？」沈墨晗柔聲問道。

沈伯父莞爾一笑，「想說已經好久沒來看看我們晗丫頭跟誠兒，今天到附近辦事，就進來坐坐囉。」

沈墨晗摟著沈伯父的手臂，開心地說：「伯父，我聽墨誠說你要幫我看運勢，我最近真的挺需要的，請伯父趕緊幫我看看吧！」

「當然沒問題。」沈伯父爽快地說。

他起身走到電視機前，將上頭的櫃子門打開，拿出算命用的器材，擺在桌上。

備妥器材，沈伯父要沈墨晗簡單描述她近期發生的事情。沈墨晗照著他的指示，她沒有直接說出轉世者的事，而是把她這一週發生的怪事形塑成一場夢。

沈墨晗描述得恰有其事，但又不能讓沈伯父察覺到她所說的「夢」，其實是現實。

沈伯父先是皺眉頭，接著嘴裡唸唸有詞，不僅沈墨晗好奇算命結果，沈父、沈母亦是如此。

「嗯……沈ㄚ頭，妳最近可能會有不祥之災。」

沈墨晗驚訝地瞪大眼睛，因為沈伯父說中了，她確實有不祥之災啊！

「大哥，小晗怎麼會有不祥之災？你沒算錯吧？」沈父提出他的疑慮。

沈母也迫切地想要知道是否為沈伯父算錯了。

被質疑的沈伯父非常不高興，他自許經驗老道，從未失手，結果今天竟然被自家人懷疑了！

「二弟、弟妹，我幫人算命已經三十多年了，你們也知道我幫人算命，從來都是乾乾淨淨，字字實話。何況晗ㄚ頭是家人，我怎麼會胡說八道！」

沈父、沈母頓時啞口無言，畢竟他們懷疑人家在先，會被責備也是正常。

沈墨晗小聲嘆了口氣，「唉，沒想到真是如此啊。」

其他人都沒有聽到她方才說的話，而沈伯父拉過她的手，一臉擔憂地看著她，「晗ㄚ頭，近幾個月都別靠近海邊，知道嗎？」

沈墨晗雖然不明白沈伯父為何讓她遠離海水，但她也點頭答應他。

可，她畢竟是林默娘的轉世者，讓她不要靠近水……頗有難度呢。

第四章－漸漸覺醒

沈伯父離開沈家後，沈墨晗也回到房間。

洛氏兄弟一臉淡定地看著她，沒有追問她算命的內容，畢竟，他們躲在暗處，方才沈家人的對話他們都聽見了。

「現在怎麼辦？」沈墨晗垂頭喪氣問道。

洛千倒是耿直，爽快地說：「當然是要特訓囉。」

沈墨晗抿著唇瓣，因為不知道特訓的內容為何，她已經開始緊張了。

「特訓內容雖然辛苦，但只要挺過特訓，妳就擁有保護自己的能力。」洛千拍了拍沈墨晗的肩膀，給予她鼓勵。

洛風也出言安撫沈墨晗焦急的心情，「墨晗，有我跟千從旁協助妳，雖然過程辛苦，但必然會得到滿滿的收穫。妳要相信自己一定可以做到。」

沈墨晗瞬間被點醒。洛風說得沒錯，靠著不斷努力學習，才會不斷累積經驗、知識。她一路走來不就是如此嗎？

她打起精神，不再畏畏縮縮，而是挺起胸膛，自信十足的模樣。

人如果未經考驗就先退縮，是不會有所長進的！

週日下午，沈墨晗、沈墨誠兩人一同離開沈家。姐弟倆一起到火車站搭車，隨行的還有洛氏兄弟。

搭上火車後，沈墨晗與沈墨誠話家常，甚至還問了他的感情狀況。沈墨誠羞澀地不停搖頭，表示自己尚未遇到喜歡的女孩子。

姐弟倆在談話時，洛氏兄弟也沒閒著。他們默默觀察沈墨誠的舉止，也注意著他的目光。目前他們無法斷定沈墨誠是否與陰界存在著某種特殊的關係，所以他們不會錯過沈墨誠的任何反應。

沈墨晗率先到站，車子靠站前，她側過身抱住沈墨誠捨不得與他分別。洛氏兄弟則趁機將發出式神，讓式神緊貼在沈墨誠的衣服上。

式神的存在只有式神的主人、眾神明以及擁有陰陽眼的人才看得到。倘若式神離開沈墨誠身上，那麼他擁有陰陽眼的機率也大幅提升。

因為能夠使式神無效的人就只有上述幾種存在。

「墨誠，你真的不考慮轉學回南部嗎？今天分開，不知道什麼時候才會見到你，我會想你耶！」沈墨晗依依不捨地說。

沈墨誠回抱住她，並輕輕拍打她的背，柔聲道：「姐，我們可以用視訊聊天，而且下次連假我就回家，不會太久的。」

「可是，我還是希望你可以在南部讀書，當初你也可以填上S大不是嗎？」沈墨晗想起當時知道弟弟要北上讀書時的情境，直到今日，她還是不能理解沈墨誠的決定。

沈墨誠輕嘆一口氣，嘴上勾起淺淺的弧度，「姐，如果離家太近，我怕我永遠不會長大，會眷戀家的一切。所以，姐，妳就別勸我了，我心意已決。」

沈墨晗噘嘴，不是很贊成沈墨誠的話，「我就戀家嘛。離家近，回家方便，能夠時常見到爸、媽，這樣不是很好嗎？何況北部物價高、天氣也沒南部好，上北部頂多去玩，我還是比較喜歡待在南部。」

N市的天氣好，而且市區飄著古香，這也是沈墨晗喜歡N市的原因。

此外，N市美食多，多美好呀！

沈墨誠鬆開沈墨晗，無奈地搖頭，「姐，既然我們各有喜好，那就維持原樣吧。」

「……那好吧。你要時常回來哦，一定哦。」沈墨晗的眼睛直盯著他，好似他不把話說清楚，她不會輕易放過他。

沈墨誠無奈地笑了笑，「好，我答應妳。」

沈墨晗滿意一笑，伸手摸了摸沈墨誠的頭髮，「真乖。那我走囉，你在C市也要注意安全哦！」

拎著行李下車，沈墨晗不時回頭向沈墨誠揮手道別。

洛氏兄弟緊跟在後，畫面看起來就像是保鏢在護衛重要人士一般。

沈墨誠望著沈墨晗離去的背影，臉上並無任何情緒，面無表情地望著她。

下了火車，沈墨晗悠閒地走出車站。想到之後就要開始特訓，沈墨晗想把握最後悠閒的時間。

「墨晗學妹，我們等等要先繞去別的地方。」

洛千一句話讓沈墨晗從手機螢幕上抬起頭，一臉呆滯地望著他，「蛤？要去哪？」

洛千搭著洛風的肩膀，笑著說：「去特訓啊！」

說得如此輕鬆，聽在沈墨晗耳裡卻是特別刺耳。

洛風一臉淡定地看著她，「時間不多了，一分一秒都不能浪費。妳不必擔心上課的問題，我們會讓妳精神百倍回到學校去上課的。」

沈墨晗突然覺得自己好像在不知不覺間落入洛氏兄弟設的圈套，她答應參加特訓沒錯，可不是今天啊！

「那個……我還沒做好心理準備耶……」沈墨晗默默嚥了一口口水。

洛氏兄弟同時搖搖頭，「不行，今天就是今天。」

話一說完，洛風一彈指，四周的一切開始扭曲變形。沈墨晗嚇得不敢動彈，身體打得直挺挺，額頭直冒冷汗。

她害怕地閉上眼睛，當她再次睜開眼，又不禁瞪大眼睛，撐開嘴巴，不敢置信地看著前方。

「這裡、這裡不是漁光島嗎？」說到最後，沈墨晗幾乎是用吼叫的。

方才他們不是下了火車嗎？怎麼一眨眼就來到漁光島了？

「來這裡當然是要特訓囉。」洛千一派輕鬆地說。

沈墨晗是第一次來到漁光島，但她知道漁光島吸引不少遊客前去戲水、打卡拍照。有許多畢業生會選擇來此拍攝畢業照，留下回憶。

此時不到傍晚，但漁光島的沙灘上卻空無一人。天空中有鳥兒在飛翔，波浪打在沙灘上的聲響迴盪在沈墨晗耳中。但，眼前卻看不到任何人。

「這裡的人都到哪去了？」沈墨晗問。

問完後，沈墨晗感到毛骨悚然，這實在太詭異了。

洛風不改淡然的態度，若無其事地說：「這裡的遊客並沒有消失，只是我們看不到他們，他們也看不到我們罷了。」

「這麼神奇？」沈墨晗驚嘆地說。

洛千微微頷首，「一點小法術而已，妳經過特訓之後，也能使用這招。」

聞言，沈墨晗對這次的特訓終於有期待感了。原因無他，她覺得會法術好像是件挺有趣的事，令她想嘗試看看。

漁光島島上有一半以上的面積為森林，森林幽深，有股神祕感，吸引許多新人前來拍攝婚紗照。走出森林便會抵達沙灘，面積不大，卻是N市人就近戲水的好所在。漁光島沙灘區有時候會布置裝置藝術，吸引網美前來拍照打卡。

自國中開始便在N市讀書的沈墨晗當然知道這個景點，但當時她是搭校車上下課，假日會搭公車到N市逛街，但不會特地到漁光島玩，畢竟路程較遠，來回時間較長。

因此，今天是她第一次來到漁光島。

沈墨晗是喜歡大海的，畢竟她的老家就在海邊，時常接近大海，自然而然就喜歡上大海了。

「歡迎來到漁光島，選擇這裡做為特訓的第一站，便是因為靠近大海，凝聚靈力較快，對於初學者的妳而言在這裡學習有加分的效果。」洛風向沈墨晗解釋道。

沈墨晗微微頷首，總言之，就是這裡是海邊，適合她修練靈氣，差不多就是這樣吧。

洛氏兄弟步向大海，當他們在移動時，全身泛著光芒，身上的穿著也變了樣。

原先打扮正式的他們，現在反倒只穿著泳褲！

沈墨晗目不轉睛地盯著他們裸露的上半身，除了沈墨誠，他還是第一次看到成熟男性的身材，有點太刺激了，鼻血快噴出來了！

她將臉別向一旁，不敢直視洛氏兄弟。

洛千困惑地看著她，不解地問：「墨晗學妹，妳在做什麼？不過來嗎？」

沈墨晗仍然沒有看向他們，語氣慌張地說：「我先緩和一下情緒。」

她大口深呼吸，讓自己的呼吸穩定些，才慢慢走向洛氏兄弟。

當她一走近洛氏兄弟，洛風一彈指，沈墨晗身上的穿著也發生變化。

說到海邊，就會讓人想到比基尼辣妹，而沈墨晗也在這彈指間換成了二截式水藍色泳裝。

沈墨晗傻眼，她長這麼大還沒穿過露這麼多的泳裝，沒想到卻在特訓的第一天穿上了！

洛千上下打量沈墨晗，滿意地點點頭，「嗯，不錯不錯，我真有眼光。」

「妳挑的？」沈墨晗驚訝問道。

洛千得意地說：「我很有眼光吧！我的眼光好到都可以出書了！」

「出什麼書？」沈墨晗感到哭笑不得。

洛千一本正經地回答道：「穿衣妙招，我一雙好眼睛，憑身材就能教妳如何穿搭。無論是日常穿著、正裝或是泳裝，都難不倒我，我跟妳說哦……」

洛千越說越起勁，洛風無奈之下，直接拉過沈墨晗的手走入海中，選擇忽略洛千的存在。

沈墨晗沒有反對，洛千說的話她也沒興趣，任由洛風拉著她走進海裡。

當洛千回過神，才發現自己被拋下，他急忙追上前。

洛風拉著沈墨晗進入水中，起初，沈墨晗因為害怕海浪，所以有些排斥繼續向深處邁進，但洛風卻平緩地對她說：「相信我，妳不會有事的。」

聽到洛風的話，沈墨晗緊繃的身體才慢慢放鬆下來。

她的呼吸逐漸平穩，全身放鬆，隨著身子沒入海中，緊張感也隨之消失。

這時，她驚覺自己能夠在水中呼吸，驚訝到說不出話來。

「沒什麼好驚訝的。海洋本就是很溫柔的存在，只要妳放輕鬆，讓全身去感受它的存在，妳自然可以在海裡呼吸。」洛風的聲音直接進入她的腦中。

沈墨晗點點頭，表示自己了解了。

海中的一切在她眼中就如同祕寶般耀眼。各種魚兒優游於身側，垂首，映入眼簾的是奇形怪狀的礁石以及躲在礁石縫的小魚蝦。

沈墨晗感到十分驚豔，這是她第一次看到海中的景色，淺海區的景色猶如仙境，令她著迷。她的嘴角上揚，笑得十分燦爛，伸出食指比了比更深處的區域，表示想到那裡去瞧瞧。

洛氏兄弟沒有反對，游在沈墨晗的左右，保護她前進。

越往深海前進，沈墨晗覺得身體內湧現出力量。她不解地看向洛風，洛風立即向她解釋道：

「湧現出力量就代表妳的身體開始接受外部的靈力，不用太緊張。」

沈墨晗牽起笑容，微微頷首。

照常理來說，越是進入深海，水壓愈大，沈墨晗的身體應該會產生如撕裂般的痛楚，但，此時的她卻是一身輕，而且體內不斷湧現能量，使她充滿活力。

洛氏兄弟帶著沈墨晗在一塊礁石上停了下來。

沈墨晗感到十分神奇。在海中游了這麼久，她卻沒有飢餓或是口渴的感覺。整個人活力十足，精力充沛，就像是一顆全新的電池，有源源不絕的體力。

洛千拉過沈墨晗的手，才剛碰觸到沈墨晗的手，他頓時瞪大雙眼，不敢置信地說：「妳這靈力也太充裕了吧！」

聞言，洛風也抓住沈墨晗的手，感受靈力的浮動，他挑起眉毛，驚嘆道：「才經過一段時間，靈力就已經累積這麼多了！」

「這是不好的現象嗎？」沈墨晗神情有些緊張。

她很擔心自己的身體出現不好的狀況。

洛千蹙眉，嚴肅地說：「不是壞現象，但也很奇怪。」

「對，因為要長時間累積才有辦法達到妳體內現在的靈力量。」洛風板著臉，正經地說。

被洛氏兄弟一講，沈墨晗也更加憂心，她透過腦波對洛風說：「洛風學長，我的身體會不會因為靈力累積過快，體內堆積太多靈力而爆炸啊？」因為她什麼也不懂，就算只是一點小狀況也讓她感到害怕。

洛風不疾不徐地說：「雖然靈力吸收過快會對身體造成很大負擔，但依我觀察，目前妳的身體還能負荷，不用擔心。」

聞言，沈墨晗才鬆了口氣，但方才玩樂的心態已然消失，她現在迫切地想回到岸上，減緩身體吸收靈力的速度。

她將這個念頭告訴洛氏兄弟，他們沒有反對，三人便沿著原來的方向游回去。

一上岸，沈墨晗的腦袋又產生劇痛。她痛苦地按著腦袋跪坐在沙灘上，洛氏兄弟見狀急忙上前關心她的狀況。

「墨晗學妹，妳現在盡量讓腦袋放空，什麼也別想。」

「千，我先察看她體內靈力的運轉，你先退開。」

洛千聽從洛風的話，退離沈墨晗身邊，好讓洛風察看沈墨晗的身體狀況。

洛風抓住沈墨晗的手，將自己的靈力輸入沈墨晗體內，以此探查沈墨晗體內靈力運轉的情形。

然而，他並沒有發現任何異常，而且他發現她體內的靈力已經趨近穩定，雖有些浮躁，但不會對身體造成傷害。

沈墨晗眉頭深鎖，劇痛仍未消散。

她的腦中再次浮現出一些畫面。

這次，又是那名站在懸岩上提著燈籠的女子，她慈祥的雙眸望著平靜的大海，唇角微微勾起。

此時，她低下頭，望見離岸邊不遠處的海面，有條水蛇探出頭，伸長身軀看著她。

水蛇深藍色的眼眸緊盯著她，她也同樣看著水蛇，唇角的幅度越發上揚。

「默娘，妳在笑什麼？」

女子身旁的一位小孩童如此問道。

女子莞爾一笑，淡然道：「沒事，只是見到熟人。」

ღ

女子的話一說完，沈墨晗也不再痛苦，一點疼痛感也沒有。

「墨晗，妳沒事了嗎？」洛風著急地問。

洛千也一臉擔憂地注視著她。

沈墨晗愣了一下，緩緩點頭，「嗯，沒事了。」

語畢，她腦中閃過一個想法──為什麼又是古時候的畫面？

她現在很清楚畫面中的女子是林默娘，也就是媽祖。方才畫面中的小孩童是洛千無誤，那為什麼她會一直看到那條有著深藍色眼眸的水蛇呢？

「見到熟人？林默娘認識那條水蛇嗎？」沈墨晗喃喃自語著。

洛風聽到她的嘀咕聲，皺著眉，問道：「妳說默娘認識誰？」

「水蛇。」沈墨晗說。

這不是洛氏兄弟第一次聽到沈墨晗論及那條水蛇，而他們也知道，沈墨晗口中的水蛇是誰。

「妳這次還有看到什麼嗎？」洛千問。

他們現在就只能盡可能地詢問沈墨晗看到的畫面，進而推斷沈墨晗目前到底覺醒到什麼程度。

沈墨晗決定把她現在認知到的一切說出口，「我現在知道畫面中的女子是林默娘，在她身旁有你們倆。雖然樣子不同，但是我很確定那就是你們。」她頓了一下，接著說：「我已經在好幾個畫面中看到那條水蛇了，方才林默娘又說水蛇是她的熟人，我想，水蛇對林默娘而言應該意義非凡吧？我也是猜的。」

聞言，洛千一臉糾結，不知該如何解釋。

洛風倒是淡定地說：「默娘是那條水蛇的恩人。」

沈墨晗恍然大悟，「怪不得那條水蛇看著林默娘的眼神帶著仰慕、尊敬。」

但……好像還有些什麼。

因為尚未確認林默娘最後的眼神所代表的涵義，所以沈墨晗並沒有接著說下去。

「其實我們也很不解默娘為何如此關心那條水蛇。」洛千輕聲說道。

沈墨晗仔細思考了一下。對水蛇來說，林默娘是牠的救命恩人，萬物皆有靈性，即使是水蛇也是有感情的。因此，牠應該是對林默娘有了感情，才會多次探出頭望著站在懸崖上的默娘。

這時，沈墨晗感覺自己的左手臂傳來溫熱感，她低頭一看，發現左手臂的蓮花圖騰竟然綻放出光芒。

「這、這是怎麼一回事？」沈墨晗嚇得不知所措。

洛氏兄弟也是一臉吃驚的模樣，在光芒過後，蓮花圖騰的花瓣竟開始萎縮，看起來就像是開始凋謝的模樣。

沈墨晗嚇壞了，身上有一個會隨著她成長的胎記，她已經覺得很困擾了，沒想到花朵完全盛開後，現在面臨了凋謝危機。

「沈墨晗，我們接著進入訓練的下一個階段吧，時間不夠了，得加快速度。」洛風肅穆地看著她。

不用洛風說，沈墨晗也感覺得出來自己時間所剩無幾。

「我知道了，那我們趕緊開始吧！」

在海中吸取到充足靈力，沈墨晗身上的靈力已經接近飽滿。

洛風告訴沈墨晗，特訓的第一步驟便是收集足夠的靈力，習慣靈力在體內循環的感覺，如此一來也才能學會如何操縱靈力。

沈墨晗似懂非懂地點點頭，雖然不是很清楚操控靈力的原理，但繼續特訓應該就懂了。

接著，洛風又是一彈指，沈墨晗身上的泳裝瞬間換回原來的裝扮，他們身處的位置也從漁光島回到沈墨晗的租屋處。

她坐在客廳的沙發上，行李箱站立在門口前方。她抬頭看了一眼時鐘，發現此時的時間與剛才他們下火車的時間，只相差一個小時！

「時間只過了一小時？」沈墨晗困惑地皺起眉頭。

「那是因為我們剛才所處的空間，時間走得比較慢。」洛千搶先解答沈墨晗的疑惑。

「這麼神奇！」沈墨晗再次體會到法術的厲害。

洛千仰起頭，自豪地說：「哼哼，法術就是這麼神奇。」

沈墨晗不禁幫洛千拍拍手，但也就拍那麼一下，原先仰慕的神情消失殆盡，取而代之的是吐槽的嘴臉，「洛千學長，我怎麼記得剛才你只是站在旁邊，做事的都是洛風學長耶。」

洛千心虛地別過臉，吹著口哨，「我有做事啊，只是妳不知道罷了。」

沈墨晗的臉沉了下來，她真心佩服洛千身為神明還能夠睜眼說瞎話，這神明不及格啦！

此時沈墨晗整個人處於亢奮階段，沒有倦怠，只有源源不絕的活力。

差不多就像嗑藥一樣，連她本人都感到恐懼。

目前時間已來到晚上七點，但她卻一點飢餓感也沒有。在海中待了這麼久，她應該會感到飢餓，而現在的時間點也是她的用餐時間，但她感受不到任何飢餓感。

「洛千學長，我現在精神亢奮，完全不會肚子餓，這是正常的嗎？」沈墨晗憂心地問道。

因為特訓變成特種人的話，她好像……後悔了。

洛千擺擺手，若無其事地說：「純屬自然現象。妳現在體內累積的靈力不停填補妳身體內的空隙。換句話說，就是把妳缺少的活力補足，讓妳精神百倍。」

沈墨晗看向洛風，向他確認這件事的真實性。只見洛風微微頷首，代表洛千說的話是真的。

洛千大受打擊，咬牙切齒地看著沈墨晗，「墨晗學妹，我待妳如何，妳竟然還懷疑我欺騙妳？」

沈墨晗有些不好意思地搔搔頭，「我不是不相信你，只是你也要成為值得我相信的人啊！」她面帶微笑，看向洛風，「對吧，洛風學長。」

洛風豎起大拇指，表示認同。

洛千再次被打擊，他這神明也太卑微了吧。而且，不僅是他兄弟順風耳不支持他，就連他的主人也如此不信任他！

洛千沮喪地倒在地面，背對著沈墨晗和洛風，獨自療癒內心的傷痛。洛風則是自顧自地滑手機，順便戴上耳機，以免被洛千打擾他的好心情。

沈墨晗則起身走到廚房的冰箱前，拉開冰箱門，從裡頭拿出牛奶，倒進馬克杯，接著，一口灌下。

「啊——真好喝。」既然沒有飢餓感，那此時喝一杯牛奶就是個好選擇。

沈墨晗沒有發現到，當她關上廚房的燈光時，有一雙明亮的眼睛正緊緊盯著她……

ღ

隨著特訓的難度提升，沈墨晗也發覺到自己身體的變化。

從一開始的靈力累積到學習如何操控靈力，一系列的訓練都讓沈墨晗全身散發的氣質有所改變。她看起來比以前成熟許多，也比以前嫵媚不少，這些改變，自然讓她吸引到不少異性的目光。

然而，生命都快走到盡頭，沈墨晗哪有心思在這種非常時期談戀愛呢？

大學生活邁入第三週，在校園內她熟識的人也就洛氏兄弟和于隱。可是，最近于隱異常安靜，有到課堂上課，卻沒有一開始那麼愛纏著她。

「于隱到底在想什麼？」

或許，這是除了特訓之外，沈墨晗第二關心之事。

某天下課，沈墨晗在校園內注意到于隱的身影，她快步走向他，拉住他的手臂，二話不說，將他拉往人煙稀少的角落。

「墨晗，妳要做什麼？」于隱疑惑地問。

沈墨晗斬釘截鐵地說：「你在躲我嗎？」

于隱挑眉，嘴角勾起淺淺的笑意，「怎麼說？」

沈墨晗癟著嘴，有些難為情地說：「因為你這陣子都沒來煩我，而且你一看到我就調頭離去，所以我才想說你是不是在躲我。」

「妳想多了，我沒有在躲妳。」于隱平淡地說。

沈墨晗將臉貼近他，似乎在打量著他是否有說謊，「于隱，你真的沒有躲我嗎？」

于隱堅定地看著她，「沒有。」

沈墨晗這才鬆了口氣，但她仍有些不甘心地說：「那你最近為什麼都沒來找我？就是因為這樣，我才懷疑你在躲我啊！」

聞言，于隱瞇著眼，看著沈墨晗，「墨晗，因為我沒有去找妳，妳孤單了嗎？」

沈墨晗臉蛋一紅，急著澄清道：「誰孤單啊？你別自作多情了！」

于隱一副很受傷的模樣，用手按著胸口，佯裝痛苦地說：「聽妳這麼一說，我的心好痛。」語畢，他的眼神掃過一絲悲傷。

沈墨晗並沒有注意到，不禁調侃道：「你真的很會演戲耶。你乾脆別當驅魔師，改行當演員算了。」

「哈哈——妳真的很有想像力耶，跟默娘不一樣。」于隱因為沈墨晗的一席話而仰頭大笑。

沈墨晗仰起頭，趾高氣昂地說：「我們倆是不同個體，默娘是默娘，我是我。我是沈墨晗，她是林默娘，請你別搞混了。」

于隱的臉上露出一抹無奈的笑容，「好，我不會搞混。」

「……但是于隱，你的真實身分到底是什麼？你是怎麼認識林默娘的？」

這個問題早該向于隱尋求解答，但是這段時間無法與于隱單獨對談，這個問題沈墨晗憋在心裡已經有段時間了。

初次見到于隱時，他便稱呼她「默娘」，既然會以「默娘」稱呼沈墨晗，又會使用法術的話，于隱的真實身分肯定不是驅魔師。

她應該知道于隱真實的身分，因為她已經得到太多、太多提示。

證據都顯現于隱其實是……

對於沈墨晗的提問，于隱選擇保持沉默。他別開視線，不敢正視她。

沈墨晗選擇追問下去，「于隱，如果你認識默娘本人，代表你已經活了很久，因此你不是人類。」

「于隱，你告訴我，你到底是誰？你為什麼要保護我？」

「我就是想保護妳！」于隱突然提高音量說道，「我已經不想再看到妳受到傷害，我不想再看到妳在我眼前消失！」

「再？」沈墨晗偏頭看著他，「你說不想再看到我受傷是什麼意思？」

于隱垂下頭，逃避回答沈墨晗的問題。

「于隱！」沈墨晗有些動怒，說話也跟著大聲起來，「為什麼你總想著要瞞著我？我已經知道很多事情，知道自己活不久，現在也在努力特訓，你為什麼還想著要隱瞞我事情？難道瞞著我，我的心就會比較好受？我就不會受傷？」

沈墨晗最討厭被蒙在鼓裡，這會讓她覺得自己被孤立。

「……抱歉。」于隱仍然只給出「抱歉」二字。

沒有得到于隱正面回答的沈墨晗，氣得快步離去。

于隱抬起頭，看著沈墨晗怒氣沖沖的背影，他覺得很心酸，如果可以，他真的很想把一切告訴沈墨晗。可，他與某人達成協議，不會透露有關於自己，以及默娘的任何事。

因此，即使會傷害沈墨晗，他也只能狠心拒絕她。

惱羞成怒的沈墨晗直接來到洛氏兄弟的辦公室。
她用力轉動門把，推門而入。剛進入辦公室，看到洛氏兄弟悠閒地坐在沙發上，她更生氣了，
「你們為什麼可以如此悠哉！」
洛風摀住耳朵，避免傷到耳膜。
洛千則是緩慢轉頭看向她，他甚至舉起手向她揮了幾下，「墨晗學妹，早安啊。」
沈墨晗感到無言，忍不住吐槽道：「你們還是我的守護神嗎？」
「是啊，但我們也是大學生。」洛千雲淡風輕地說。
洛風第一次站在洛千的一方，他認同洛千說的話，他們也是一般大、學、生。
沈墨晗扶額，洛風是被洛千帶壞了嗎？一本正經的他怎麼也開始墮落了？
她決定不理會洛氏兄弟，因為她想做一件大膽的事。
她走到辦公室的另一扇門前，伸出手指，想要碰觸上方的圖騰。
「沈墨晗，妳想做什麼！」
洛風低沉的聲音傳入她耳中，語調還帶有威脅性。
沈墨晗吞了口唾沫，慢慢轉頭看向洛風。
此時洛風的眼神已無散漫，取而代之的是一雙銳利的眼眸，直視沈墨晗。
「為什麼要……這樣看著我？」沈墨晗畏畏縮縮地問。
洛風起身，緩緩走到她的面前，將她那隻懸在半空中的手拉了下來，「墨晗，上一次已經是破

例，這次，我不准妳再次闖入。」

「為什麼不行？我不過是想進去看看默娘，不行嗎？」沈墨晗鼓起勇氣正面迎擊洛風。

「墨晗學妹，妳別為難我們了，我們也有苦衷。」洛千百般無奈地說。

沈墨晗理智氣壯地說：「我不會對默娘做什麼，我只是進去看看她，然後觀察牆上的壁畫，或許我可以再想起些什麼，為什麼你們如此抗拒我進入那個房間？」她頓了下，接著說：「就因為裡面有你們『真正』的主人，所以你們不准我這個冒牌貨進入嗎？」

「什麼冒牌貨？妳就是默娘，妳是我們的主人。」洛千堅定地說。

沈墨晗挑眉，「既然我是你們的主人，那我可以進去吧。」

她想在裡頭挖掘更多真相。既然于隱不願意告訴她真相，那她自己尋找不就得了。

ღ

「不行！我不會讓妳進去的！」洛風的態度也很強硬。

洛千趁機站到門前，阻礙沈墨晗伸手碰觸門上的圖騰。

沈墨晗狠狠瞪著他們，她才不怕忤逆神明的行為會遭天譴，「你們一個個都這樣，每次都把我當作是需要被保護的弱小生物，寧願瞞著我也不願告訴我實情，你們這麼做不是保護，是在打擊我對你們的信任！」

洛風也動怒了，他失去以往的從容，手指著沈墨晗，大聲地說：「是，我們是有事情瞞著妳，但那是因為我們怕妳會胡思亂想。我們知道妳有很多想法，也很勇敢，然而，有些事情不是妳想得那麼單純，也不是說一說就能解決。」

「你們不讓我進去我才會胡思亂想。我已經說了，我只是進去找線索，順便看一看默娘。反正有玻璃罩保護她，我也碰不到她啊！」語畢，沈墨晗趁機從洛氏兄弟兩人之間的縫隙將指腹覆蓋在圖騰上方。

門在她眼前開啟，她無視洛風反對，匆匆進到門的另一端。

倘若洛風阻止她前進，她就使用這幾日學會的術式抵抗。雖然目前術式的威力比不上洛氏兄弟，畢竟有先天靈力及經驗上的差距，但是洛氏兄弟一定會因為擔心傷及她的身體，所以不會使出狠招。

沈墨晗硬闖進密室。洛氏兄弟無可奈何，只能緊跟在她身後。

她快步走到最內側的房間，伸手準備推門而入時，不知何時，洛風已經移動到她面前，並且伸手擋住她的去路。

「沈墨晗，不要鬧了！」洛風斥責她。

「我沒有！」沈墨晗駁斥道。

「風，我們還是讓墨晗學妹進去好了。」洛千的嘴巴湊在洛風耳邊低語道。

洛風瞪了他一眼，凶狠地說：「我們不是已經達成共識了嗎？」

洛千嘆了口氣，「反正墨晗學妹已經知道事情真相，讓她進去又如何？」

「可是……」

「風，不會有事的，有我們在，默娘不會出事的。」

洛風深吸一口氣，再慢慢吐出，「……好吧。」語畢，他向旁挪動，讓沈墨晗得以推門而入。

沈墨晗感激地望著洛千，小聲說道：「謝謝你，洛千學長。」

洛千莞爾一笑，沒有說話。

沈墨晗一推開門，那日見到的景象再次出現在她眼前。

她緩緩走向房內的木床前，床上躺著的依然是緊閉著雙眼的女人。

「默娘的靈魂碎片會一直存在嗎？」沈墨晗問。

洛風平淡地說：「隨著時間流逝，靈魂基本上已經快要消失殆盡，僅存的幾縷魂魄就被我們保存在玻璃罩內，而其中一個碎片就在妳身上。」

沈墨晗將手按在胸口，「如果我死了，我身上的碎片會回到默娘身上嗎？」

洛風搖頭，「並不會回到這裡。碎片會自己尋找新的主人，換句話說，沈家又會有一個新的轉世者誕生。」

聽完洛風說的話後，沈墨晗更加意識到自己的任務有多麼重要。

想必過去的每位轉世者都曾為此痛苦掙扎過。

明知自己所剩時間不多，卻得為了後代而努力消滅妖魔，只因為不想把這項苦差事留給家族後代。

然而，消滅妖魔絕對不是嘴巴說說這麼簡單的事情。

知曉這一切的沈墨晗，內心更沉重了。

洛氏兄弟正打算開口安慰沈墨晗，沈墨晗卻在此時猛然抬起頭，以堅定的眼神直視他們，「我答應你們，我一定會成功消滅妖魔，一定會讓沈家的詛咒就此消失！」

「天啊！」

聽到沈墨晗說的話後，洛千忍不住發出一聲驚嘆。

洛風也是一臉震驚，顯然沒料到沈墨晗會突然發下誓言。

然而，震驚之後湧上心頭的是難以壓抑的興奮感。

「就是這樣，墨晗，我欣賞妳的決心，超帥的！」

被稱讚的沈墨晗，臉上染上緋紅，因為害臊，說話也不禁結巴，「我、我本來就很帥氣，是你們太小看我了。」

「確實是我們小看妳了。」洛風笑著說。

「既然我已經下定決心，那你們是不是也可以告訴我，你們剛才為什麼要阻止我進入這個房間？」沈墨晗趁機追問方才被阻攔的原因。

「由我來說吧。」洛千自告奮勇地說。

洛風一臉「你行嗎」的模樣看著洛千。

相比洛千，沈墨晗還是比較相信洛風，但，既然洛千想要表現，那她也願意給他機會。

「洛千學長請說。」沈墨晗說。

得到許可的洛千，先清了清喉嚨，才開口道：「之所以阻攔妳，不是怕被妳知道什麼祕密，我們是擔心這個空間被妖魔發現，才會阻止妳進來。」

沈墨晗「喔」了一聲，這下子她終於知道洛風極力阻止她進入的原因了，「這種原因我完全能理解，只要你們提早說一聲，就不會有前面的爭執了。」

語畢，沈墨晗銳利的眼神掃向洛風，「洛風學長，我是不會為剛才的魯莽舉動而道歉的。」

誰叫他們不把話說清楚，嘴巴長在身上是用來裝飾的嗎？

洛風倒是一臉無關緊要的模樣，「沒關係，我也有錯。」

既然兩方都承認彼此的錯誤，沈墨晗正式開始在房間和通道上的壁畫找尋線索……

ɜ

「我可以問個問題嗎？」沈墨晗站到玻璃罩前，目光望著雙眼緊閉，躺在玻璃罩內的林默娘。

如果不知道玻璃罩內的林默娘只是靈魂體的話，她看起來就像睡著一般，沉睡於密室最內側的房間。

「妳想問什麼就問吧。」洛風雲淡風輕地說。

既然洛風說什麼都可以問，沈墨晗就拋出內心的疑惑，「媽祖都沒想過要下凡消滅妖魔嗎？媽祖是神明，她的神力肯定能輕易消滅妖魔，那為什麼這幾百年來都只能靠轉世者，神明都不會幫忙想辦法嗎？」

洛氏兄弟都愣住了，頓時，他們不知道該如何答覆她。

「……其實我們也有很長一段時間聯繫不上默娘。原因無他，因為那隻妖魔尚未被消滅，他干涉我們與默娘聯繫的方式，所以我們已經與默娘失聯已久。」洛千站出來向沈墨晗解釋。

沈墨晗恍然大悟，「因為你們無法聯繫上媽祖，才會想盡快找出那妖魔的下落！」

「對，就是這樣。」洛千頷首。

「雖然我們也試著回到天庭尋找默娘，但，無論我們怎麼找尋，就是找不到默娘的下落。」洛風補充道。

換句話說，媽祖現在是處於失蹤狀態。天庭表面上看來很平靜，實則，玉皇上帝已經因為媽祖失蹤之事煩惱許久，眾多神將協助找尋也未能找到媽祖。

沈墨晗萬萬沒想到事情竟然如此嚴重且複雜。

此時，她心裡有個念頭——她想透過窺探默娘的記憶來找尋線索。

興許能夠在其中搜索出媽祖的下落，或是挖掘出更多關於于隱的事情。

「如果……我讓自己的意識進入默娘的記憶，是不是能找到有關妖魔的線索？」沈墨晗提出她大膽的想法。

「不行！風險太大，我們不能讓妳涉險。」洛風強勢地拒絕她。

沈墨晗沒有因此打消念頭，「請讓我試試看！雖然不確定我是不是能夠找到一些蛛絲馬跡，但是任何方法我都想嘗試。」

「沈墨晗，為什麼妳總是喜歡做傻事？按照我們安排的訓練，時間上絕對沒有問題，妳為什麼硬是要選擇一條艱難的路？」洛風激動地說。

他不懂，不懂沈墨晗為何喜歡打破規則，而且每次都信心十足，毫無畏懼，這根本不是幾個禮拜前，知道自己是轉世者的人會有的心態！

沈墨晗淺淺一笑，緩緩說道：「我不喜歡把自己的命運交至他人手中，我想靠著自己的雙手改變命運。」她頓了一下，原先的笑容轉為沉鬱，「我也怕死，只是，就算會死，也要在我努力過後再死。」

將一切表情收起，一張嚴肅的臉龐出現在洛氏兄弟面前。伸出手，輕放在玻璃罩上，閉上雙眼，將自己的靈力小心翼翼地與玻璃罩內的靈魂碎片連結在一起。

開始連結後，沈墨晗的意識也開始渙散。

失去意識前，她小聲地說：「我會平安歸來的。」語畢，腦內一片漆黑，徹底失去意識。

她知道洛風可以聽到她說的話，畢竟，他可是順風耳呢。

沈墨晗成功進入默娘的記憶迴廊。放眼望去，眼前是汪洋大海。

這副景象多次出現在她腦中，今日一見，景象似乎更為清晰逼真。
她突然覺得手有些痠痛，垂首時，注意到自己手中的物品，她也徹底明白痠痛的原因。
沈墨晗的手上握著木柄，木柄延伸到前方是她一盞燈籠。
再看看身上的穿著，也是她多次看見的打扮。霎時，沈墨晗領悟到她現在的身分——林默娘。
原以為自己只是進入默娘的意識，殊不知，她竟然直接變成林默娘！
「默娘——」
對於這一聲呼喚，沈墨晗一時沒有反應過來，她只是呆愣地望著大海。
一直到衣襬被用力拉扯，沈墨晗這才回過神，低下頭，看到一個身高不及她的腰間，有著一雙水汪汪大眼的小孩童。
「默娘，妳在想什麼？不然我叫妳這麼多聲妳都沒反應。」
「咦？」沈墨晗愣了一下。
孩童的長相不難猜出他的身分，只是……她沒想到洛千小時候這麼可愛啊！
不對，這時期的洛千應該直接稱呼千里眼比較恰當。
「默娘，我看妳先去休息吧。妳已經站好久了，換我站崗吧！」千里眼說完，伸手就要奪過沈墨晗手中的木柄。
「誒，等等。」沈墨晗在千里眼奪過木柄前，匆匆將木柄換到另一隻手上，「我不會累，千，你跟風先去另一邊玩，我累了就會呼喚你們。」

不知道默娘都是如何稱呼千里眼及順風耳，索性直接稱呼他們為千跟風。簡潔有力，多方便啊。

千里眼也沒注意到名稱上的不同，他自顧自地說：「妳都已經在這裡站了一個多時辰，怎麼可能不累？默娘，這裡我來就好，妳去休息吧！」

千里眼說完，又想奪走沈墨晗手裡的木柄。

沈墨晗又急忙將手舉高，好讓千里眼無法順利搶奪木柄。

再度失敗的千里眼，氣噗噗地瞪著沈墨晗，抱怨道：「默娘！我好心要幫妳，妳怎麼能欺負我？」

沈墨晗無奈一笑，「抱歉啊，因為我想親眼看到父親他們歸來，千，你就讓我任性一次，好嗎？」

不知為何，看到孩童模樣的千里眼，跟成熟男性的洛千，她比較喜歡前者呆萌可愛的模樣，就是特別可愛。

有種想讓人欺負的感覺？

千里眼瞇著眼打量著沈墨晗，似乎想透過她的一些小動作，逼她承認自己疲憊的事實。

沈墨晗也很大方地讓千里眼將她全身上下打量一番。

反正她的靈魂才剛轉移到默娘身上，此時她的靈力充足，精力充沛，千里眼看再久，也無法在她身上看出疲態的。

果然，千里眼端詳沈墨晗許久，也未能從她臉上察覺出一絲疲態。他不禁嘟嘴，轉過身，手在腦袋旁敷衍地揮了幾下，「我就在一旁守著，妳覺得累的話就告知我一聲。風交代我要好好照顧妳，否則，等風回來，發現我怠忽職守，我又要挨罵了。」

沈墨晗感到哭笑不得，嘀咕說道：「洛風就是洛風，就是愛瞎操心。」

看著千里眼走遠後，沈墨晗的目光再度飄向大海。雖然時代不同，但，沈墨晗對於這片海洋的喜愛，始終存在。

大海孕育萬物，創造適合海中生物棲息的生態。看似風平浪靜的大海，實則暗潮洶湧。

這不就如同一個人嗎？

人有喜怒哀樂，有開心、難過、憤怒之時，那大海不就猶如人類一般，有時像個乖巧的孩子，風平浪靜，吹不起浪淘；有時又像個鬧脾氣的孩子，捲起陣陣巨浪，發洩滿腔怒氣。

親身站在懸崖上，沈墨晗心裡感受極深，或許是因為，她現在的角色是林默娘，是未來會神格化為媽祖的偉大人類。

她頓時覺得林默娘真的好了不起。為了保護村民，日以繼夜站在懸崖上，以一盞看似不起眼的燈籠，照亮海上村民的回家之路。

此刻，沈墨晗覺得體內似乎又湧現出一股力量。她猜想，那是林默娘體內蘊涵的大量靈力。

然而，這股靈力，卻使她逐漸邁向完全覺醒。

第五章－于隱

沈墨晗專注地望著大海，因此，她並沒有注意到淺灘處，有一隻水蛇探出頭，小心翼翼望著她。

漸漸地，海面開始不平靜，風勢漸大，海浪也變得洶湧。

原先晴朗無雲的天空被烏雲籠罩，氣氛變得詭譎，似乎有什麼東西逐漸靠近。

「這是怎麼一回事？」沈墨晗感受到一股不祥之氣，可見海象及天氣的轉變都與邪氣有關。

「默娘——」

沈墨晗往右方看去，迎面而來的，是匆匆跑來的千里眼。

「千，你知道發生什麼事了嗎？」墨晗著急地問。

千里眼慌慌張張地說：「海上出現妖魔，是他颳起強風，捲起巨浪。海上的村民很危險，我們必須幫助他們！」

聞言，沈墨晗也跟著緊張，「好，我們現在就過去！」

千里眼展開術式，使他與沈墨晗能夠在海平面上迅速飛行。他們以高速移動到漁船的所在之處，飛行途中，千里眼也趕緊聯繫順風耳，讓他盡快過來支援。

來到風浪最大的地方，千里眼率先感受到一股非比尋常的騷動，「默娘，妳也展開術式保護自己，我怕妖魔的妖術太強，我們無法保護到妳。」
沈墨晗微微頷首，「我知道了。」
語畢，她讓靈力包覆全身上下，藉此形成一層防護罩。
越靠近波動中央，海面上有越來越多船隻的碎片。
沈墨晗擔心有村民落海，她急忙施展靈力，探測海面下是否有村民的生命反應。
「千、默娘！」
正在探測海底反應的沈墨晗在聽到順風耳的聲音後瞬間抬起頭。
有著一對大耳的小孩童朝著他們飛過來。
「默娘，妳有受傷嗎？」順風耳的第一個反應是關心沈墨晗的身體狀況。
沈墨晗早就知道順風耳對默娘格外關心，但，那也是因為默娘是他們的主人，守護神關心主人是天經地義之事。
然而，這還是她第一次聽到順風耳用如此溫柔的嗓音對她說話，沈墨晗有種受寵若驚的感覺。
她搖了搖頭，不疾不徐地說：「我沒受傷。」
順風耳這才鬆了口氣，接著，狠狠瞪向千里眼，「千，我臨走之前不是千叮嚀萬交代，要你好好照顧默娘嗎？你看，默娘的虎口處都發紅了，肯定是提燈籠提太久都沒休息，你怎麼都沒注意到？」
被順風耳責備，千里眼一臉委屈地說：「風，我勸過默娘好幾次，但她堅持要自己拿著嘛。而且我確認過她的身體狀況，根本看不出疲態，默娘又很堅持，我有什麼辦法？」

「真的嗎？」順風耳開始打量起沈墨晗。

被順風耳緊盯著看，沈墨晗不免感到害臊，「千說的是真的，所以你別再看我了，現在的重點是村民的安危，我真的沒事。」

「默娘，我還是把妳送回懸崖上吧。」順風耳說。

「你不要搞錯重點了！現在不是在意我安危的時候，我要親自到現場救人，因為這是我的職責所在。」沈墨晗下意識提高音量。

順風耳與千里眼都愣住了。

「默娘？妳是默娘嗎？」順風耳一臉不敢置信的模樣。

沈墨晗扶額，她怎麼覺得古代的順風耳智商特別低，「我當然是默娘。」雖然她只有肉體是默娘，靈魂是沈墨晗。

「默娘怎麼可能會凶我？」順風耳理直氣壯地說。

就因為這句話，沈墨晗的理智被硬生生扯斷。

「順風耳，我命令你，即刻去找尋妖魔的下落！」沈墨晗決定使用狠招。

不久前她才剛接受使用靈力控制一個人行動的訓練。然而，她現在所下命令是針對兩位守護神使用。當初是洛千陪同她訓練，換句話說，這是她第一次使喚順風耳，而非千里眼。

沈墨晗莫名有種爽感，能使喚順風耳真爽。

被下達命令的順風耳，無法反抗，也無法出言反駁，他就這樣飄向不明靈力的發源處。

「默娘，妳今天不太一樣耶。」千里眼呆愣地看著她。
沈墨晗撥了下頭髮，神氣地說：「總得要有所改變嘛。」畢竟她可是沈墨晗。
她繼續探測生命反應，不久，她感應到海底下有人類的生命跡象。
「千，你去幫風的忙，我要去救落水的村民。」
語畢，沈墨晗不等千里眼回應，匆忙跳下海，潛入海中。
「默娘——」
奈何千里眼如何呼喚也喚不回著急地想要救人的沈墨晗。
潛入海中後，沈墨晗險些被海流捲進海底。所幸她及時張開術式穩定身旁的海流，才免於被捲入海底。
方才她感應到海中有五個生命反應，以她目前的靈力要救人肯定沒有問題。然而，目前海象很糟糕，海流快速，沙塵擾亂視線，且海流中挾帶許多漂流物，使救援難度倍增。
即使如此，現在也沒有時間讓她猶豫，因為村民們隨時會喪命。
此時，兩名落海的村民落入她的視線範圍。她迅速移動到他們身邊，將靈力包覆在他們身體周遭，好讓他們得以呼吸，接著，將他們送往海面。
亂流襲擊，沈墨晗的靈力顯得有些紊亂，她的額上盡是汗水，咬著牙，苦撐著已經開始顯露疲態的身軀。
「可惡。」她咒罵一聲。

即便開始疲累，她仍不停尋找其餘落海村民的下落。
陸續將兩名落海的村民送往海面，卻遲遲找不到最後一人的下落。
「到底在哪，還有一個人到底在哪！」沈墨晗著急地在海中四處搜尋。
倏忽，她看到一條身軀龐大的水蛇朝自己游來，而牠的嘴裡叼著一個人。
看到這一幕，沈墨晗感到又驚又喜。
水蛇在沈墨晗的面前停了下來，將頭微微一伸，將村民叼到沈墨晗伸手可及之處。
沈墨晗急忙用靈力將村民的身體包覆住，然後送往海面。搜救任務結束，沈墨晗吐出一口氣後，伸出手，溫柔地摸了摸水蛇，「謝謝你，你幫了我一個大忙。」
水蛇舒服地閉上眼睛，還用頭磨蹭沈墨晗的手心。
沈墨晗發現牠的眼眸是深藍色的，她立刻想起那條總是在淺灘處的水蛇，「是你嗎？」沈墨晗問道。
水蛇沒有回覆她，而是仰起頭，看向海面。
沈墨晗也順著牠的視線望去，發現海面上閃爍著火光，狀況十分危急。
「你趕緊去避難吧。」沈墨晗小力拍打牠的身軀，接著，就往海面的方向游去。
水蛇本想跟上沈墨晗，卻被沈墨晗制止，「回去吧，我會讓大海恢復平靜的。」
接著，沈墨晗的身影便消失了。
水蛇在原處愣了片刻，才緩緩游開。

牠覺得自己很弱小，牠很想要力量保護重視的人。

如果牠有力量的話，就能待在她身邊，永遠守護她了。

ღ

上到海面的沈墨晗，發現千里眼和順風耳正與妖魔對峙。

妖魔全身被暗紅色的火焰包覆，暗紅色火焰蔓延到海面上，即使碰觸到海水也不會熄滅。

沈墨晗不禁皺眉，現況完全不允許她休息。

「千、風。」她呼喚兩位守護神。

兩位守護神瞬間移動到她身旁，兩人的身上都帶著傷痕，看得出來方才局面有多麼激烈。

「這隻妖魔到底是什麼？」沈墨晗問。

「今天一早我前往天庭，被告知近日海中有不尋常的妖氣，玉皇上帝推測，妖氣源自於深海，這妖魔肯定就是深海的怨氣誕生而成的。」順風耳回答道。

當初特訓的時候確實有聽洛氏兄弟談起妖魔的誕生史，實際遇到後，沈墨晗並未因此感到高興，反倒格外恐懼。

世上眾多妖魔皆是因「人」的負面情感而生。

傷心、焦慮、恐懼、貪婪……等各種負面情感，皆是妖魔的糧食，是妖魔成長的能量。

大海看似平靜，實際上，那不過是冰山一角。真正的黑暗，是在海底深處，平日無法窺探的地方。

「為什麼妖魔釋放出的火焰碰到海水也不會澆熄呢？」火焰在海面上持續燃燒，甚至有擴展開來的狀況，畫面看起來怵目驚心。

「在天庭流傳著一種傳言，據說只有不知火能夠抵抗水性。目前天庭仍無法掌握不知火的下落，如今，卻被我們碰著了。」順風耳說道。

沈墨晗定睛注視著前方不遠處的妖魔，而那妖魔也正注視著她。

「這裡危險，妳還是回岸上吧。」順風耳不希望看到默娘受傷。

「不行！」沈墨晗果斷地拒絕他，「守護大海是我的任務，海上還有村民等著援救，我可不能現在就回岸上。」

「默娘、默娘——」

一瞬間，沈墨晗聽到微弱的呼喚聲。她本能地認得這個聲音，因為聲音的主人是默娘的父親與兄長。

沈墨晗慌了，她四處張望海面，卻在妖魔所在之處的下方看到兩個熟悉的身影。

「父親、兄長！」沈墨晗大聲呼喊道。

「默娘，妳先冷靜下來。妖魔的力量很強大，以妳現在的靈力量是打不過她的。」千里眼擋住沈墨晗的去路。

被阻擋的沈墨晗，狠狠瞪著千里眼，咆哮道：「讓開！我要去救父親和兄長！」

即使那並非她的親人，但那也是林默娘的家人啊！

現在的她，在情感上與林默娘相通，因此，林默娘的家人發生危險，沈墨晗的心也跟著緊張。

看著父親與兄長在海面上載浮載沉，妖魔隨時會對他們出手，沈墨晗一顆心懸著，卻又無能為力。

「讓我去救他們，拜託了，讓我過去！」

沈墨晗朝著他們的方向伸長了手，但是她的身子被千里眼和順風耳緊抓著不放，他們完全不打算放她過去。

「默娘，我們不能讓妳涉險，妳是我們的主人，我們不能眼睜睜看著妳出事！」順風耳慌慌張張地說。

「他們是我的家人，是比我的生命還重要的存在，我要去救他們！你們不要阻止我！」

沈墨晗以自身的靈力突破兩位守護神的束縛。她迅速往妖魔的方向飛去，卻在靠近時，腦中突然出現一道，令她渾身打顫的聲音——

「默娘，這一切都是妳的錯。」

一聽到這個聲音，沈墨晗不禁全身顫抖，恐懼直達內心深處。

沈墨晗下意識拉開與妖魔之間的距離，頓時，她發現妖魔的眼眸帶著一層不易察覺的悲傷，她不明所以，但，她卻被妖魔所影響，眼角冒出淚珠。

「默娘。」

兩位守護神來到沈墨晗身前，將她護在身後，並戒備地盯著妖魔。

「沈墨晗，妳該回來了……」

起初，沈墨晗以為自己幻聽，但隨著呼喚次數越發頻繁，她發現，這是洛千、洛風的聲音，他們在呼喚她。

沒來由地，她的意識開始恍惚，眼前的景象變得模糊。

「默娘？」

千里眼注意到沈墨晗的怪異之處，他擔憂地看著她。

沈墨晗用力搖了搖頭，想喚回自己的意識，但昏沉的感覺卻越來越顯著，而且，她的腦袋就像是快被撕裂一般地疼痛。

她按著頭蹲下身，兩位守護神也不顧妖魔在前方，跟著蹲下身，整顆心都放在沈墨晗身上。

「沈墨晗，妳該回來了！」

「不、不行，我不能回去，我還沒救到父親和兄長，我不能回去！」沈墨晗吶喊道。

但，就在下一秒，她的眼前突然一片漆黑，看不見廣闊大海，看不見全身被暗紅色火焰包覆的妖魔，看不見……

「沈墨晗！快醒醒！」

沈墨晗動了動手指，她想要起身，想要告訴洛氏兄弟自己已經醒了。可眼皮子過於沉重，加上全身痠痛，她的身軀彷彿被人支解過後重新組裝一般。

「唔……」她低吟一聲，用盡全身的力氣，撐開沉重的眼皮。

室內明亮的光線，迫使她在睜眼後又急忙閉上眼。

「妳慢慢來，不著急。」

洛千的聲音出現在耳邊，沈墨晗也緩緩放鬆身體，微微睜眼讓眼睛適應光線，待適應室內的亮度，她才睜開雙眼，映入眼簾的是洛氏兄弟擔憂的目光。

看在沈墨晗眼裡，心裡暖烘烘的，「洛學長。」她虛弱地喚了一聲。

「沈墨晗，妳都不知道我們有多擔心妳。」洛風慍怒道。

沈墨晗苦澀一笑，弱弱說道：「讓你們擔心了，對不起。」語畢，她伸長手，將洛氏兄弟拉往自己的方向。

洛氏兄弟因她莫名的舉動而不知所措，沈墨晗卻是柔聲道：「謝謝你們保護我。」

洛氏兄弟對看了一眼，兩人都是一臉茫然，卻又尷尬一笑，最終釋懷了。

「墨晗學妹，妳終於明白我跟風的辛苦啦？」洛千笑著說。

「沈墨晗，妳下次再敢胡鬧的話，我不會再替妳善後了。」洛風嘴上這麼說，實際上他的臉蛋也泛著紅潤，看來他也是會害羞的。

沈墨晗的淚水差一點奪眶而出，「好，我不會再胡來了。」

如果可以的話，她也不想再看到那慘烈的場面。她希望自己以及她所愛的人都能幸福地活在這個世界上。

最後，沈墨晗被洛氏兄弟送回租屋處。因為擔心沈墨晗會遇到危險，洛氏兄弟輪流在租屋處的四周巡視。

而另一人則待在房內守著她。

睡覺前，沈墨晗望向書桌前的洛風，問道：「洛風學長，我有事想問你。」

洛風挑眉，開口道：「什麼事？」

沈墨晗整理好思緒後，開口：「你還記得過去妖魔出現時，默娘的父親和兄長落入海中的事嗎？」

「記得。妳會這麼問，是因為妳進入默娘的意識後看見什麼了嗎？」

沈墨晗扯了扯嘴角，眼神布滿哀傷，「回到過去，我看見默娘的父親和兄長落海。我還來不及救他們就被你們呼喚回來，所以我想知道他們之後的狀況，他們有被救起吧！」

洛風將椅子拉靠近床緣，語氣輕柔地說：「他們有被救起，妳放心吧。」

聞言，沈墨晗喜出望外，比中了樂透頭彩還興奮，「太好了！他們平安無事真是太好了！」

洛風淺淺一笑，「傻瓜，他們都是過去的人了，反倒是妳，剛才真是嚇壞我跟千，再晚一點，妳就回不來了。」

沈墨晗滿是歉意說道：「抱歉，讓你們這麼擔心我……」

正因為這個世上還有關心、愛護她的人，因此，她會盡最大的努力好好保護自己，避免他們擔心。

她也會靠自己的雙手，改變命運。

ც

翌日，沈墨晗一到學校，才正準備踏入校門，就看到轉角處有個男孩緊盯著她。

她很好奇男孩為何會以一種幾近埋怨的眼神看著她，距離上課還有些時間，她便朝著男孩的方向走去。

男孩發現沈墨晗逐漸靠近，他立即落荒而逃，跑起來的模樣像極了被殺人魔追殺。

沈墨晗感到哭笑不得，但她還是選擇追上去。

因為昨天消耗太多靈力，狀態尚未復原，跑了一段路便有些喘不過氣。

她停下腳步，雙手撐在膝蓋上，大口喘氣。

「大姐姐，妳為什麼要跟上來？」

聽到聲音，沈墨晗立即抬起頭，卻發現男孩就站在她面前。
她嚇得倒退好幾步，因為剛剛她沒聽見腳步聲，完全沒意識到男孩靠近。
小男孩偏頭望著她，「大姐姐，妳還沒回答我妳為什麼跟上來？」
「小弟弟，那姐姐先問你，你為什麼要盯著我看呢？你認識我嗎？」
小男孩點點頭，「認識啊，姐姐是媽祖的轉世者。」
「你、你怎麼會……」沈墨晗仍處於驚訝狀態，這時，有個熟悉的身影朝她走來。
「安，你怎麼在這裡？」
于隱緩緩走向沈默晗與小男孩。
被于隱喚作「安」的男孩，一見到于隱，明顯開始害怕，全身微微顫抖。
「于隱哥哥，我、我是因為……」
「安，兄長知道你出門嗎？」于隱冷冷問道。
安急忙頷首，倉皇說道：「是父親大人准許的！于隱哥哥，我不是自己擅自跑出門，我有得到父親大人允許。」
聞言，于隱將男孩晾在一邊，選擇關心沈墨晗，「墨晗，妳沒事吧？」
沈墨晗搖搖頭，「沒事，小弟弟也沒做出傷害我的舉動。我只是跑累了，有些喘不過氣。」
確認沈墨晗沒事，于隱才看向安，眼神已無看著沈墨晗時的柔情，「安，你找墨晗做什麼？」
安和于隱對上眼後，神色顯得慌張，支吾其詞，老半天都說不出一段完整的句子。

「于、于隱哥、哥，是父親要我、我來找媽祖的轉世者的。」

「兄長派你來的？」于隱不禁皺眉，表情更加嚴肅。

安奮力點頭，不敢有半點隱瞞，「父親大人希望媽祖的轉世者前往宮殿一趟，他說祖父大人想跟她談談。」

「父親為什麼想見墨晗？」于隱的臉色越發難看。

沈墨晗是有聽沒有懂，什麼于隱的父親想和她談談？于隱的父親又是誰？而且她剛才好像聽到什麼宮殿……

宮殿？難道于隱是某國的王子！

經歷許多稀奇古怪的事情後，沈墨晗覺得就算于隱是王子她也不會覺得奇怪。畢竟，她自己是媽祖的轉世者，她還能說于隱的身分奇怪嗎？

「墨晗，妳先回學校上課，這裡我處理。」于隱冷淡地說。

「不行！」安大吼一聲，「父親大人要我帶媽祖的轉世者回去，我就一定得做到！否則，父親大人會被祖父責罰，而我也會挨罵的。」

沈墨晗可捨不得如此可愛的孩子受到責罰，而且，聽安這麼一說，安的祖父，也就是于隱的父親想要找她，肯定有什麼重要的原因。

于隱蹙眉，他仍不願意將沈墨晗牽扯其中，「安，兄長真這麼說？」

「嗯！父親大人還說，就算于隱哥哥反對也要把轉世者帶回去。不這麼做的話，不光祖父大人會生氣，宮殿好像也會有危險。」安將他所知道的事情全告訴于隱。

于隱的臉色越發嚴肅，在一旁看著的沈墨晗也沾染上他的情緒，態度變得肅穆。

因為不清楚于隱家的底細，她不能答應安的要求，與他一同回家。可，她也不願意看到安受罰……

相互矛盾之下，沈墨晗不知如何是好。眼下洛氏兄弟不在身旁，她要向誰尋求意見啊？

「那個……于隱，我覺得我還是跟安一起回去好了。應該不會有危險吧？」沈墨晗牽強地扯了扯嘴角。

聞言，于隱激動地說：「不行。墨晗妳不必照著他們的意思，妳只管回去上課，剩下的我會處理。」

「可是……我也不想看到安被懲罰，我會沒事的，你別……」

話尚未說完，沈墨晗便被于隱攬入懷中。

他的嘴唇靠在沈墨晗耳邊，低語道：「墨晗，我不想看到妳受傷，別讓我為妳擔心，好嗎？」

沈墨晗身體僵住，兩人靠得很近，她甚至能感受于隱的心跳，再加上他低沉、渾厚的嗓音，沈墨晗的臉蛋瞬間染上紅暈。

「于、于隱，你先放開我，我不習慣這樣……」

「我不要。擁抱妳是我最大的心願，我從以前就很想這樣抱著妳。」于隱縮緊雙臂，這個舉動也將兩人的距離緊縮到極致。

沈墨晗的腦袋已經放棄思考，她全身發燙，對於于隱，她說不上喜歡，卻也不能說不喜歡。

何況于隱的身分她一直摸不透，與一個神祕的男人談戀愛雖然刺激，但也危機重重。

「于隱，你之所以接近我，是因為我是默娘的轉世者嗎？在知道你的身分之前，我無法完全信任你。」沈墨晗用力掙脫于隱的擁抱，「你從不給我了解你的機會，現在安有求於我，我不忍心看到他受責罰，只要有洛學長他們陪我，我就一定會跟安走。」

于隱的臉上滿是無奈，「墨晗，對於我的身分妳不是早有猜想了嗎？我無法確定安是否有說實話，我怕妳真的跟著他回去，若在途中，或是宮殿發生危險，我很難保護到妳。」

「于隱哥哥，父親大人跟祖父大人都是有事想拜託轉世者。難道你狠心看到我跟父親大人被責罰嗎？」淚水在安的眼眶打轉。

沈墨晗於心不忍，幫忙勸說，「于隱，有洛學長跟你陪著我，我不會有危險的，就讓我跟著他回去吧！」

于隱挑眉，「妳就不怕他們是想利用妳嗎？」

沈墨晗搖了搖頭，平淡地說：「不怕。如果他們想利用我做壞事，我自然會拒絕，但，如果他們真的需要幫忙，身為默娘的轉世者，我理應要幫助他們。」語畢，她朝于隱微微一笑。

于隱看著她的笑容，有一瞬間的恍惚。從前，也有個人會朝著他勾起溫柔的笑容，一看見她的笑顏，所有的不愉快都消失殆盡，心裡流經一股暖流。

猶豫片刻，于隱才開口道：「安，你回去告訴兄長，我待會兒會帶著墨晗回去。」語畢，于隱逕自拉著沈墨晗的手往學校的方向走去。

聽到于隱的話後，安終於露出高興的笑容，他也不浪費時間，一溜煙的功夫便消失在原處。

被于隱拉著手向前進的沈墨晗，目光直盯著兩人相握的手。他的體溫透過手掌傳遞過來，讓她有些不適應，而且，心癢癢的。

「先上完早上的課再走，兩位學長也必須知道這件事。」于隱淡淡地說。

沈墨晗微微頷首，「我知道了。」

然而，她不知道的是，此趟前往宮殿之行，將解開于隱的身分之謎。

ღ

「什麼！墨晗學妹，妳說妳要跟于隱去他家？」洛千激動地從沙發上站了起來。

洛風則是眉頭深鎖，一臉嚴肅地看著于隱，「于隱，你想動什麼歪腦筋？我們不可能讓墨晗跟你走的。」

洛千用力點頭，表示認同。

「可是……我已經答應人家了耶。」沈墨晗弱弱地說。

洛風蹙眉，正準備指責沈墨晗，于隱就擋在她的面前，搶先說道：「你們不想藉此機會知道我的真實身分嗎？」

「怎麼，你已經瞞不下去了嗎？」洛風冷笑一聲。

「我們對你的真實身分一點也不好奇，你就別妄想要帶墨晗走了，哼！」洛千氣噗噗地說。

沈墨晗的眉角抽搐了幾下，她沒好氣地說：「兩位學長，你們對我保護過頭了啦！我都已經答應安，我就得去，因為我不喜歡反悔，我是個守信用的人。」

洛風無奈地看著她，「墨晗，妳怎麼沒問過我們的意見就擅自答應了呢？妳不是答應過我們，不會再衝動行事嗎？」

「雖然沒有先詢問學長的意見是我的不對，但這次我可沒有衝動行事，我是思考過後才得出這個結論。」

「妳心意已決？」洛風問。

沈墨晗一臉正經地點點頭，「我想清楚了。」

只見洛風長嘆一口氣，雖是滿滿的無奈，但畢竟是自家主子做的決定，他又怎麼能不從呢？

他先是看了洛千一眼，洛千朝著他微微頷首，他選擇尊重洛風的決定。

洛風最終還是鬆口了，「要去就去吧。」

「謝謝洛風學長！」沈墨晗激動地歡呼。

洛千用手指指向自己，「墨晗學妹，那我呢？」

「謝謝洛千學長。」沈墨晗笑著說。

洛千的內心這才平衡了，「對嘛，雖然我沒做到什麼事，但若沒有我同意，風也不會鬆口。」

然而，沒有人理會洛千，其餘人都已經開始做準備，由于隱的帶領下，前往赴約之處。

洛千苦笑了笑，「這群人還真是過分。」他喃喃自語道。

由于隱施展術式將沈墨晗和洛氏兄弟傳送到與安約定碰面的地方。

神奇的是，于隱竟然帶著他們來到海邊。

「于隱？你們家該不會在海中吧？」沈墨晗問。

洛氏兄弟倒沒有太多訝異的神情，只是靜靜地守在沈墨晗身旁。

于隱的手指指向大海，平淡地說：「確實就在大海深處。」

「蛤！」沈墨晗大吃一驚，她的眼神不斷來回於于隱以及眼前的大海，「你真的住在海中？所以你就是……」

「我是誰，你們等會兒就知道了。」語畢，于隱縱身跳入大海。

沈墨晗只是愣了一下，旋即張開靈力，以靈力包覆住全身，接著進入海中，在海裡找尋于隱的蹤跡。

洛氏兄弟也緊跟在後，深怕跟丟沈墨晗。

進入海中，沈墨晗在海中四處張望，卻怎麼樣也找不著于隱。

霎時，她的肩膀被人輕輕拍打，回頭一看，發現于隱就在她身後。

洛氏兄弟也來到沈墨晗身邊。

「別離我太遠。」接著，于隱便牽起沈墨晗的手。

沈墨晗抿了抿唇瓣，本來想甩開于隱的手，但有于隱牽著，她的內心確實安心許多，索性就讓他牽著她走吧。

後方的洛氏兄弟，死盯著于隱和沈墨晗牽在一塊的手。

「風，要不要找機會趕走于隱？他怎麼可以如此自然地牽起我家墨晗學妹的手，他實在太超過了！」洛千惱羞成怒地說。

洛風板著臉，面無表情地說：「既然墨晗允許他這麼做，那我們就先忍著吧。」

洛千癟嘴，「真的要這樣嗎？」

「嗯。」洛風以微弱的鼻音回應他。

洛千無奈地嘆了一口氣，最終還是任憑于隱拉著沈墨晗往大海深處游去。

跟著于隱進入深海，沈墨晗看到海中漂浮許多塑膠製品。吸管、寶特瓶、塑膠袋，這些都是人類隨意扔棄的垃圾。

海洋生態就這樣被汙染，許多海洋生物，牠們的生命受到威脅，正是因為這些人為垃圾。

沈墨晗在心底發誓，回到岸上，她要極力宣導海洋保育的工作，雖然一人之力十分微薄，但是她相信，這個世界上有許多和她志同道合的人，他們會一起努力保護大海的。

「在想什麼呢？」于隱柔聲問道。

沈墨晗莞爾，說：「沒什麼，只是想為大海盡一己之力罷了。」

「是嗎？我相信妳做得到。」于隱的手微微施力，告訴沈墨晗他支持她。

沈墨晗感受到于隱施加的力道，她終究還是為此而心動了……

越往深處，海流愈加混亂，壓力愈大，沈墨晗施展的靈力也愈發細膩，身體也開始感到吃力。

她咬著下唇，盡力控制靈力的運行。

「我幫妳。」于隱說完，便在沈墨晗和自己周圍架起巨大的靈力，靈力形成球體，兩人待在裡頭有足夠活動的空間。

「哇！于隱，你的靈力好強，比我還厲害耶！」沈墨晗敬佩地看著于隱。

于隱莞爾，淡然道：「妳再修練一段時間就會超過我了。」

這時，有個物體朝他們快速游過來。

洛氏兄弟匆忙擋在于隱製造出的球體前方保護沈墨晗的安危。

「于隱哥哥——」

待物體逐漸靠近後，看清楚物體的真面目，沈墨晗不禁瞪大雙眼。

出現在他們視線範圍內的是無數條水蛇，游在水蛇群最前方的是今日才剛見面的男孩——安。

「于隱哥哥，父親大人等你很久了，我現在就帶領你們進入宮殿。」語畢，水蛇們將沈墨晗他們團團包圍，阻擋水流，他們也順利往最深處前進。

沈墨晗偷偷瞥了于隱一眼，發現他的臉色無比嚴肅，整個人看起來很焦慮。

「我們到了。」于隱輕聲說道。

沈墨晗順著于隱的視線看去，頓時，她驚訝到說不出話，嘴巴也跟著張開。

眼前的碧玉輝煌過於耀眼，完全無法想像這裡是深海。

宮殿的外牆閃耀著光芒，外頭圍繞著許多魚群，保護著宮殿。

「歡迎各位光臨龍宮，祝各位旅途愉快。」安淘氣地向沈墨晗他們介紹宮殿。

沈墨晗驚訝地瞪大雙眼。她一直以為龍宮只出現於童話故事中，沒想到龍宮真實存在，就位於大海最深處。

「于隱，所以你到底是誰？」沈墨晗很嚴肅地詢問他。

于隱轉過頭，看著她。他深藍色的眼眸在深海格外清楚，勾起淺淺的笑容，淡淡地說：「我是于隱，我來自龍宮。」

沈墨晗早就知道于隱的身分不單純，但沒想到，是如此特別。

ε

進入龍宮後，即使沒有靈力保護也能夠正常呼吸，沈墨晗緊繃的身子這才放鬆下來。

龍宮內有許多石雕，仔細一瞧，這些石雕與古希臘人的雕像有異曲同工之妙，既然是龍宮的雕像，想必都是千年古蹟吧。

「隱，你終於回來了。」

有個男人帶著笑容往他們的方向走來。

洛氏兄弟一見到迎面而來的男人，臉上都露出驚訝的神情。

「三王子殿下！」

洛氏兄弟異口同聲說道。

沈墨晗則是滿頭霧水。洛氏兄弟會有如此大的反應，而且又稱呼對方為「王子殿下」，可見眼前的男人就是龍宮主人的兒子呀！

「兄長。」于隱走向男人，恭敬地向他問好。

男人微微頷首，將手搭在于隱的肩上，「在陸地的生活還好嗎？累的話隨時都能回來。」語畢，他的視線掃向沈墨晗，「這位便是轉世者大人吧。」他向沈墨晗深深一鞠躬，「您好，我是龍宮的三王子，名叫于灝，是隱的兄長。轉世者大人一路辛勞，我這就派人幫您安排房間休憩。」

于灝接著看向洛氏兄弟，「千里眼、順風耳大人路途辛勞，我已派部下幫您們安排好房間，晚些，我們再敘敘舊。」

于灝說完，把事情都交由部下處理，接著逕自離開。

在于灝離開後，有四位女僕來到沈墨晗他們面前，「轉世者大人、守護神大人請跟我們來。」

「墨晗，妳先去休息，我等會兒去找妳。」于隱朝沈墨晗莞爾，接著便先行離去。

沈墨晗跟著女僕來到休息的房間。一推開門，她又再次受到驚嚇。

這房間豪華的程度堪比總統級套房，加大雙人床，有一台中型冰箱，浴室內有浴缸可以泡澡，從窗外看去能夠看見各種魚類優游水中，如此豪華的待遇，這種機會真是可遇不可求。

女僕還在介紹房間的設施，沈墨晗就已經興奮跳上床鋪。

眼看沈墨晗毫無警覺心地在床上跳上跳下，像個孩子似的，洛氏兄弟無奈地笑了笑，跟著女僕走向他們的房間。

在房內玩得盡興的沈墨晗，倒在床上，思索著方才她就很疑惑的問題——于隱的身分。

既然于灝是于隱的兄長，而于灝又是三王子，如此一來，于隱不也是王子嗎？

貴為龍宮王子的于隱，獨自一人離開大海上到陸地，難道他真的就是那條記憶中的水蛇，所以才會認識默娘嗎？

「轉世者大人，三王子殿下請您移駕到大廳。」

女僕的聲音從外頭傳了進來。

沈墨晗坐起身，對著門口喊道：「我這就過去。」

她爬下床，整理好儀容才拉開門，走出房間。

沈墨晗在女僕的帶領下來到大廳，她發現洛氏兄弟、于隱、于灝都已經抵達。

「轉世者大人，我父親已經在裡面等候，我這就帶您進去。」于灝走在前頭，率領眾人往一扇大門前走去。

大門前的侍衛看到于灝之後，拉開大門，于灝等人也走向大門的另一端。

這是一間寬闊的房間，擺設閃耀著金光，房間內有張大長桌，坐在主席座的人便是龍宮之主。

「參見父王。」

「參見龍王陛下。」

于灝、于隱及洛氏兄弟在看到坐在主席位的人後，紛紛以鞠躬、單膝跪地表示尊敬。

沈墨晗在一旁顯得不知所措，最後也跟著鞠躬。

「轉世者大人，歡迎您來到龍宮，請您坐到我身旁，如此一來我們比較好閒談。」龍王輕拍了拍他身旁的位置，朝著沈墨晗溫柔一笑。

龍王身著一襲深藍長袍，他面容慈祥，看著龍王，讓沈墨晗有種看著自家爺爺的錯覺。如此和藹可親的形象，也讓沈墨晗放下對龍王的戒心。

她移動到龍王左手邊的位置，先向龍王微微頷首後才坐了下來。

「龍王大人，請問您找我來到龍宮有什麼事嗎？」沈墨晗小心翼翼地問。

龍王笑著說：「您別緊張，我只是很好奇轉世者大人是個怎麼樣的人，和默娘是否有幾分相似。」

龍王的目光在沈墨晗身上打量一番，「嗯，真的很相似呢。」

他拉過沈墨晗的左手，掀開她的衣袖，蓮花胎記瞬間出現在眾人面前。

沈墨晗差一點叫出聲，這突如其來的舉動實在讓她措手不及啊！

「轉世者大人，您的時間所剩不多了。」龍王嘆息道。

沈墨晗倒抽一口氣，因為她手臂上花瓣凋謝的程度，比她上回看到的時候還要嚴重。她記得，一旦蓮花完全枯萎，也代表著她的生命邁向終結之時。

洛氏兄弟的臉色都很凝重，于隱的神情也好不到哪去。

龍王將她的衣袖拉下，眼神哀傷地看著她，「孩子，我本來想早一點聯繫妳的，但，最近大海並不平靜，我忙著處理海中的事情，耽誤到時間。」

龍王看著沈墨晗就像看著自己的孩子，不再以敬語說話，而是像個父親一樣，關心沈墨晗的狀況。

沈墨晗莞爾，從容地說：「謝謝龍王大人的關心，我自己的狀況我很清楚，而我也正努力尋找詛咒的源頭，我……會努力活下去的。」

龍王滿意地點點頭，接著臉色又轉為嚴肅，「之所以認識默娘，也是因為隱的關係。」

沈墨晗看向于隱，又轉回頭，疑惑地看著龍王。

「既然被喚作龍王，我的真身便是龍，身為我的兒子，他們身上自然都帶著龍的血脈，現在能以人類之身出現在妳面前，都是因為累積多年修為，才足以讓我們維持人類的模樣。」

沈墨晗可以理解龍王說的話。像傳說故事《白蛇傳》中的白蛇修練成人，才能以人類之身與許仙相見。

只是，她沒想到竟然真有此事。

更讓她意外的是接下來龍王說的話。

「隱這孩子，小的時候曾被默娘救過，在那之後，這孩子就經常到淺灘處找默娘，默娘也待隱很好，時常陪他玩耍。」

「所以于隱真的是……」沈墨晗心裡的疑惑好像快被解開了。

「龍王大人，龍小時候長什麼樣子啊？」沈墨晗問。

龍王瞇著眼，神祕兮兮地說：「妳很好奇嗎？」

沈墨晗微微頷首，老實說道：「好奇。」

龍王看了一旁的于隱一眼，于隱卻閃躲他的視線，顯然不想和龍王對上眼。

「隱，你沒對轉世者大人坦承一切嗎？」龍王對著于隱問道。

于隱垂首，不發一語。

龍王拿于隱沒轍，既然于隱不肯說，那就由身為父親的他，向沈墨晗坦承一切，「轉世者大人，妳是否知道小龍又是何種動物的代稱呢？」

沈墨晗想了想，腦中倒是浮現出一種動物的模樣，她隨即開口道：「蛇，對吧？」

龍王挑眉，笑著說：「轉世者大人說得沒錯。龍在小的時候會以水蛇的型態生活於大海，一直到成年才會進化成龍。」

聞言，沈墨晗不禁看向于隱，臉上難掩訝異，「所以……那條水蛇真的是你！」

她在默娘的記憶中看見的水蛇，就是于隱！

「……」

即使自己的身分已被戳破，于隱仍選擇保持沉默。

「于隱！你為什麼不肯承認你就是那條水蛇？你有什麼苦衷嗎？」沈墨晗咄咄逼人，她想逼于隱說出實話。

于灝拍拍于隱的肩膀，「隱，轉世者大人在問你話呢。」

于隱似乎在隱忍些什麼，咬著牙，不肯將話說出口。

「隱，你不說的話，就讓我代你說囉。」于灝平淡地說。

「不！」于隱急忙制止他，「兄長，我自己來吧。」

于隱看向沈墨晗，扯了扯嘴角，勾起一道牽強的笑容，「是啊，我就是那條水蛇，這樣妳滿意了嗎？」

語畢，于隱直接起身，快步走出房間。

「于隱——」沈墨晗對著于隱的背影大喊。

「龍王大人，請問我可以……」

沈墨晗的話尚未說完，龍王便已知她想說什麼。

「孩子，儘管去吧。」

她點了點頭，起身向龍王深深一鞠躬後，便跑去追于隱。

沈墨晗離開後，龍王和藹的臉色也收起，瞬間板起嚴肅的表情，「歡迎千里眼、順風耳大人蒞臨龍宮，這是本王的榮幸。」

洛千謙虛有禮地回答，「過去主人受到您的照顧，這次有幸拜訪龍宮，我們才要感謝陛下。」

「龍王陛下，您此次邀請我們前來龍宮，應該不只是告訴我們有關於您兒子的祕密，您是不是有更重要的事要告訴我們？」洛風問道。

聞言，龍王爽朗大笑，「哈哈哈——真不愧是順風耳大人，心思真細膩。不錯，本王最近接獲一些有關於那妖魔的消息。」

「請您務必告訴我們！」

洛氏兄弟異口同聲說道。

倘若龍王手中的消息屬實，必然可以加快尋找妖魔下落的速度，如此一來，沈墨晗便有救了。

龍王也不賣關子，此消息事關整個天界，大海也無法倖免，因此，他必然要將這件事告知默娘的轉世者以及守護神們。

「近期大海深處有不尋常的靈力出現，據其他海域的魚群說，海底許多生物的靈力都被吸收殆盡，有些生物甚至瀕臨滅亡。」龍王頓了一下，才接著說道：「本王猜想，那妖魔藉由吸收生物的靈力，加強自身的力量。當年他的威力已經讓默娘、守護神大人以及其他神將吃盡苦頭，如果他的力量持續增強，恐怕……要消滅他，不是那麼簡單的事。」

洛氏兄弟的臉色蒼白，這消息肯定是近期以來最有用的線索，同時，也是一個令人幾近絕望的消息。

「龍王陛下，您對於此事有什麼看法？眼下主人的力量尚未完全覺醒，我們實在沒有信心可以將那妖魔降伏。」洛風垂頭喪氣地說。

洛千也一臉沮喪，為了消滅妖魔，他們已經準備許多年，見過太多離別，一位轉世者離世，又誕生新的轉世者，不知已循環多少次。

一再地輪迴，卻拿妖魔沒轍，他們的心也很累。

龍王安撫道：「我瞧這位轉世者大人的靈力與默娘挺相似的，她確實是最像默娘的轉世者，只是，還需要一點契機才能完全覺醒。」

「契機？」洛風感到不解，「龍王大人能否告訴我們需要怎麼樣的契機呢？」

「這契機為何，得由轉世者大人親自去尋找，本王也不知曉。」龍王平淡地說。

洛氏兄弟失落的神情一覽無疑，不過，他們早就知道事情沒有那麼簡單，失落只是暫時，他們很快重振精神，繼續討論要如何找出妖魔下落。

追著于隱離開房間的沈墨晗，在尋找于隱的過程時迷失了方向。

「于隱到底跑去哪了？」沈墨晗嘀咕道。

「轉世者大人！」

聽見呼喚，沈墨晗回過頭，發現安朝著她跑來，安的手裡還端著一個盤子，上頭裝滿食物。

「轉世者大人，您迷路了嗎？」安歪頭看著沈墨晗。

沈墨晗尷尬地搔了搔頭，「哈哈，我確實迷路了。」

聞言，安笑了幾聲，拉起沈墨晗的手，朝她露出一抹燦笑，「您要去找于隱哥哥對吧？我帶您去。」

安拉著沈墨晗拔腿狂奔。

沈墨晗為了跟上他，也加快腳下的速度，免得等會兒摔倒。

安帶著她來到一座花園。

來到龍宮後，沈墨晗覺得自己看到什麼就吃驚一次。可是，在大海深處還能有如此大面積的花園，而且花朵盛開，種類多元。她環視花園一圈，內心再次感嘆龍宮真是個神奇的地方。

「安，你直接稱呼我姐姐就好，稱呼我大人，我還真有點不習慣。」

沈墨晗覺得被叫「大人」，感覺就老了好幾歲，她可是青春洋溢的大一生，她並不老。

安猶豫片刻，最後，用力點頭，「好！姐姐，妳人真好。」語畢，安露出一抹燦笑。

他的笑容融化了沈墨晗，她覺得安這孩子真是太可愛了！

「姐姐，妳為什麼沒有跟家人住在一起啊？」

安的這個問題令沈墨晗十分不解。

「你怎麼知道我沒有跟家人住？」沈墨晗問。

她獨自一人住在外面的事，安怎麼會知道呢？

聽沈墨晗這麼一問，安才發現自己不小心說溜嘴，摀著嘴，拚命搖頭。

「安，快告訴姐姐，你是怎麼知道的呢？」沈墨晗的嘴角上揚，雖是帶著笑容，但看在安眼中卻恐怖極了。

安的身子微微發抖，卻還是老實地說：「我、我在姐姐家待了好幾天了。」

「蛤？」沈墨晗完全沒發覺安的存在啊！

「你什麼時候闖進我家的？」

安心虛地垂下頭，把玩自己的手指，「嗯……姐姐不在家的時候，我從門縫鑽進去的。」

沈墨晗扶額，她怎麼就忘了安也是一條小龍啊。

「啊！于隱哥哥在那裡！」倏忽，安用手指指了個方向，激動地說。

沈墨晗無奈地笑了笑，「小小年紀就會轉移話題，真不得了。」她伸手揉了揉安的頭髮。

安對著沈墨晗傻笑，天真地說：「是父親大人教我的，父親大人才厲害。」

說起安為何會從于灝那學會轉移話題，全都是因為于灝為了轉移妻子的怒氣，他才會用各種理由轉移妻子的注意力。

在一旁看著的安，自然而然學會父親的招式。嘗試過後覺得效果極佳，就變成他慣用的手法囉。

第六章－妖魔再現

「于隱哥哥——」

安對著站在花園中央的于隱大聲喊道。

于隱看向他，發現沈墨晗也在，他又準備快步離去。

「安，我們追上去吧。」沈墨晗牽起安的手。

「嗯，追上去吧！」

他們倆手牽著手一起跑向于隱，快步行進中的于隱聽到後方的腳步聲，回頭，發現沈墨晗與安就在他身後不遠處。

「于隱，我有很重要的事要問你！」沈墨晗朝著前方的于隱大喊。

于隱沒有停下腳步，反而加快腳下的速度。

「拜託你，我真的想要和你談談，于……啊！」腳下一拌，沈墨晗的身體向前傾倒，連同安也跟著往前撲。

就在沈墨晗以為自己要與地面來個親密接觸的時候，于隱及時扶住她和安。

「謝謝你。」沈墨晗紅著臉向于隱道謝。

于隱微微頷首，鬆開攬著沈墨晗腰間的手，又打算離開。

情急之下，沈墨晗抓住于隱的手，「不准走！跟我談談，好嗎？」

「沒什麼好談的。」于隱的口氣冰冷，這還是沈墨晗第一次聽見于隱以這種口氣對她說話。

沈墨晗沒有因此放手，而是施加力道，更用力地抓住于隱，「我想要謝謝你保護我，我也想替默娘向你道謝。因為你總是看著她，總是關注著她，有你的陪伴，她很開心。」

「妳又不是默娘，妳怎麼知道她開心？」于隱口氣不悅地說。

沈墨晗莞爾一笑，「我就是知道啊，畢竟我是默娘的轉世者嘛。」

就算默娘不說，沈墨晗也知道默娘很關心于隱。尤其昨日進入到默娘的記憶後，沈墨晗更加確信默娘除了關心于隱，也很感謝有他的陪伴。

于隱拋棄逃跑的念頭，手臂垂落，身體逐漸放鬆。

沈墨晗知道于隱現在願意跟她談了，她鬆開于隱的手，先轉過身對身旁的安柔聲說道：「安，我想跟你于隱哥哥聊聊，你可以先到一旁吃東西嗎？」

安的手上仍端著餐盤，方才險些跌倒，餐點仍好好地待在餐盤上，可見安有多麼珍惜盤中的食物。

早已迫不及待享用餐點的安，聽到沈墨晗的話後，用力點頭，接著就跑遠了。

于隱手指指向一座涼亭，「我們到那邊坐著談吧。」

沈墨晗沒有意見，他們便來到涼亭，待兩人都坐定位後，沈墨晗才開口：「你為什麼要隱瞞你的身分呢？

「一定得說嗎？」

「嗯。」沈墨晗頷首，「我想知道你一直隱瞞的真正原因。」

沉默片刻後，于隱才開口：「我不希望我的身分對妳造成麻煩。」

「麻煩？怎麼會造成我的麻煩？」沈墨晗困惑地問。

她從不覺得于隱帶給她困擾，反之，于隱對她極好，她也感受得出來于隱很喜歡默娘，那于隱又為什麼會說他的身分會造成她的困擾呢？

之前她就在猜于隱的身分是否就是那條水蛇，當時沒有證據證明她的猜想是正確的，她也不敢貿然提出，如今獲得證實，沈默晗內心是高興的。

「妳真的不覺得我的身分很麻煩嗎？」于隱仍是半信半疑。

沈墨晗嘆了口氣，無奈地說：「唉——你糾結的點很奇怪耶。若要說麻煩，我反倒覺得自己的身分才叫麻煩。我不是不相信轉世說，只是覺得發生在自己身上真的很神奇，因為我只想過平凡的人生，現在卻一點也不平凡了。」

于隱沒料想到沈墨晗會吐槽自己，他不禁摀著嘴掩飾笑容。

自我調侃就算了，沈墨晗可不喜歡別人嘲笑她，「我很認真耶，你怎麼可以嘲笑我？」

「抱歉……因為妳看起來就像是在自言自語……」于隱又忍不住笑了出來。

沈墨晗的額上已經冒出青筋，眼角抽搐幾下，看著于隱，只覺得他特別欠扁！

這時，沈墨晗突然想到一個問題，于隱嘲笑她的事也被拋到腦後，「我問你哦，安是你兄長的兒子，論輩分，你不是他的叔叔嗎？為什麼他稱呼你為哥哥？」

于隱收拾起笑容，雲淡風輕地說：「于安是我的姪子沒錯，但因為我們年紀相差不大，我便讓他稱呼我哥哥，雖然兄長對此稱呼很有意見。」

「是因為安把你叫年輕，但是你兄長他反而跟你拉開年齡差距？是這樣嗎？」沈墨晗自動腦補原因。

于隱搖了搖頭，「不是的，雖然妳的想法很有趣，但，兄長只是覺得輩分不應該被安棄之不理，他認為安還是要稱呼我為叔叔比較恰當。」

聽完于隱說明，沈墨晗還是覺得自己推敲出的答案比較合理。不過，她還是知道要給于灝留面子，「原來如此，我明白了，謝謝你的說明。」

「不客氣。」語畢，于隱的嘴角勾起一道迷人的笑容。

沈墨晗一看，心跳竟慢了一拍，臉蛋也微微發燙。深怕被于隱察覺她的怪異之處，她低下頭，嘀咕道：「不要突然放電嘛。」

「什麼放電？」于隱疑惑地看著她。

沈墨晗搖搖頭，裝作若無其事的樣子，「沒事，我在自言自語。」

「是哦。」于隱還是帶著疑惑，但是沈墨晗不願告訴他，他也不可能逼迫她開口，既然如此，他也不打算追問下去。

在離開花園前，于隱告訴沈墨晗關於這座花園的祕密……

「這座花園其實是父王為母后建造的。」

「母后？」

聽于隱這麼一講，沈墨晗才想到自己來到龍宮後一直沒有見到王后。

于隱的臉沉了下來，眼底蒙上一層悲傷，「我的母后在很早之前就因病過世了。」

聞言，沈墨晗急著向于隱道歉，「對不起，我不知道你母親已經過世了，我還……」

「不要緊的。母后已然過世百年，她就被安葬在這座花園。我一直覺得母后還是與我們生活在一起，不曾離開我們。」于隱以低沉的嗓音道出對母親的思念。

聽于隱說起母親，沈墨晗也想到自己的家人。想想，因為開始進行操控靈力的訓練，她有好幾週沒有回家，有段時間沒有見到家人，她也開始想念他們了。

「那你的其他家人呢？我聽說龍王有七位兒子，安的父親排行老三，你是老么，那你其他兄長呢？」沈墨晗問。

于隱思忖片刻，說道：「幾位兄長的下落我也不是很清楚。但我較熟識的兄長，一個在北方海域，一個在東部海域，我們很少聯繫。」

「原來如此。」沈墨晗將手撐在下巴，輕點了點頭。

看來龍王的兒子都帶著一股神祕感，無論是于隱，或是于灝，他們似乎都隱藏一些事情。

當然，沈墨晗不會去追問于隱究竟還藏著什麼心事。她不會自討沒趣，也不願去踩地雷，或許，某天于隱想開了，願意告訴她，他自然會主動說出口。

更何況，他們即將遇到最大危機，沒有半點時間可以去理會那些「無關緊要」的事情。

ß

于隱和沈墨晗從花園離開來到大廳，有女僕走上前，對著沈墨晗恭敬地說：「轉世者大人，陛下誠摯地邀情您在龍宮夜宿一晚，陛下和三王子殿下目前還與守護神大人們暢談呢！」

對於留下來住一晚一事，沈墨晗沒有意見，畢竟，她也很想在總統級的套房休息一晚。如此高級的套房，更重要的是，她現在身處在大海深處，如此特別的體驗，她怎麼能錯過呢？

「夜晚的海流十分紊亂，海象複雜，即使有我帶路，也不見得可以平安回到岸上。你們就在龍宮休息一晚，明早我再帶你們離開龍宮。」于隱說。

「嗯，我也是這麼想的。」沈墨晗一本正經地說。

她的小心思于隱不可能不懂，他只是輕笑了笑，「那我先回自己的房間，晚點見。」他轉身往自己房間的方向走去。

沈墨晗也在女僕的引領下回到房間。她決定先去盥洗，接著就躺上床，享受舒適的加大雙人床。

休息了一晚，沈墨晗一行人離開龍宮，回到陸地。

一回到岸上，洛風便接收到玉皇上帝的消息，他的臉色頓時鐵青。

看洛風變了臉色，洛千的臉也沉了下來。

「怎麼了嗎？」沈墨晗著急地問。

瞧洛氏兄弟的臉色鐵青，氣息紊亂，靈力也很不穩定，沈墨晗隱約覺得事情不太對勁。

「妖魔出現了……」洛風語氣沉重地說。

沈墨晗倒抽一口氣，臉色越顯蒼白。在她一旁的于隱聽聞此消息，眉頭深鎖，焦慮之情一覽無遺。

「妖魔在哪裡出現？」于隱問。

「北方海域，現在正逆著水流往南方這裡過來。」洛風說。

「嘖。」沈墨晗不安地咋舌，妖魔都已經出現了，但是她現在特訓的進度只到一半，她完全沒有信心能夠戰勝妖魔。

于隱攬著沈墨晗的腰，低語：「墨晗，還是這段時間妳先找個地方躲起來？」

沈墨晗用力搖頭，堅定說道：「不行，我不能躲起來！既然這是我的使命，我就要戰鬥到底，我絕不臨陣脫逃！」

于隱還是很擔心，「墨晗，妖魔的力量很強大，就算是兩位守護神加上我，都不一定可以將他降伏，妳還是不要冒險……」

「沒試過怎麼知道不行呢？」沈墨晗雙手抱胸前，趾高氣昂地說：「我知道自己經驗不足，比不上你們，但是我是默娘的轉世者，降伏妖魔是我的使命，維護大海的安定也是我的責任。妖魔的目標是我，我怎麼可以逃避？」

「墨晗學妹，有自信是好事，但那妖魔真的不簡單啊！」洛千嚴肅地說。

「沈墨晗，妳進入過默娘的意識，所以妳見識過那妖魔的可怕之處，即使如此，妳還願意站上戰場嗎？」洛風反問她，他想知道沈墨晗的覺悟如何。

沈墨晗的心沒有動搖，意志堅定地回答他：「我已經有所覺悟，我要和妖魔一戰，由我為這場百年來的戰鬥畫下句點。」

既然主人都已經下定決心，洛氏兄弟也無話可說，他們能做的，就是支持主人的想法，成為主人的助力。

于隱仍不贊成讓沈墨晗出面對付妖魔，但，他看到沈墨晗一臉堅定的模樣，好似此刻說再多也勸說不了她，既然如此，他也只好順著她的心意。

不過，他會在她身旁守著她。他不希望自己和以前一樣，在一旁焦急擔憂，卻又無能為力……

據洛風推算，妖魔預計於兩日後抵達南方海域。為此，沈墨晗又向學校請了假，即便有可能因為出席率低的原因被當掉，她也不能捨棄自己的任務。

她肩負的使命，絕對比課業更重要！

夜裡，沈墨晗坐在床上，將袖子拉高，眼睛盯著左手臂上的胎記。

倘若沒有此胎記，她就不是默娘的轉世者，也不會遇到這麼多複雜的事情。
但，也是因為這個蓮花胎記，她才能遇到洛氏兄弟、于隱。
「墨晗。」
這時，于隱突然出現在沈墨晗的房間，這讓沈墨晗大吃一驚。
「你怎麼來了？」沈墨晗驚訝地問。
于隱逕自走到書桌前，拉開椅子，坐了下來，「想見妳，還需要理由嗎？」
沈墨晗臉上一熱，害臊地說：「當然需要！而且，擅闖女孩子閨房是很沒禮貌的事。」她嚴厲地指責他。
「抱歉，我下次會注意。」于隱雙手合十，向沈墨晗道歉。
沈墨晗的臉色沉了下來，抬頭望向窗外，喃喃自語道：「我們還有下次嗎？」
于隱沒有漏聽，他激動地站起身，雙手按在沈墨晗的肩膀上，「有下次的！我一定會再來這裡找妳，所以墨晗，妳要活下去，妳一定要活下去！」
沈墨晗苦澀一笑，伸手覆在于隱的手背上，「我會盡我最大的努力。」
面對未知的事物，說不害怕絕對是騙人的。但是，與其毫無作為等待死亡，她還是決定挺身而出，只為了活下去，為了能長久陪伴在家人身旁。
在她帶著蓮花胎記出生時，她的人生注定將面對這場戰局，儘管她不願意面對，但是現實的殘酷仍逼得她無路可退，生與死只在一線之隔。

與其坐著等死，不如拚命決鬥後，沒有遺憾地死亡，她才甘願嚥下最後一口氣，離開人世。

如果這是她的命，那她也認了。

「墨晗，想哭的話就哭吧。別硬撐著，我在這裡，我有肩膀讓妳靠，我可以承受妳所有情緒。」于隱張開臂膀，淺淺一笑。

沈墨晗向前傾，抱住他，臉埋在他的胸前，嚎啕大哭。

其實她有話想對于隱說，但她卻不敢說出口，因為她怕自己是個沒有未來的人，給不了于隱永遠的承諾。

所以她選擇將祕密埋藏內心，如果她成功活下來，她自然會將祕密說出口。

于隱的手輕輕拍打沈墨晗的背，安撫她的情緒。

沈墨晗依偎在他懷中，心裡的恐懼減去許多，情緒也漸漸安定。

哭累的沈墨晗，整個人癱在于隱懷中，是于隱將她抱回床上，並幫她蓋妥棉被。

于隱見沈墨晗的眼角掛著淚珠，他小心翼翼地以指腹將其拭去，並低語道：「墨晗，我不會讓妳受傷的。」

他曾經以為自己保護沈墨晗是因為她是默娘的轉世者，但，現在他很確定一件事，他之所以保護沈墨晗，是因為她是沈墨晗，無關乎她是否為默娘的轉世者……

ღ

翌日，沈墨晗決定搭火車回C區與父母見面。

或許這是最後一次與父母見面，沈墨晗格外珍惜這段時光，在火車上不斷看著手機，希望能盡快回到家，撲入家人的懷抱。

此次回C區，不光有洛氏兄弟陪同，于隱也跟著一起回去。

對於于隱隨行，洛氏兄弟有不同的反應。

洛風是默默接受這件事，畢竟于隱是龍王的兒子，就算再怎麼不順眼，還是得以禮相待。

然而，洛千卻不是這麼想的。他一臉不屑地看著于隱，語帶嘲諷地說：「于隱大人啊，你怎麼不回你的龍宮，而是跟著我們到鄉下呢？」

于隱並沒有被激怒，而是神色淡然地說：「謝謝千里眼大人關心，我想回龍宮時自然會回去。」

「哼！真是跟屁蟲。」洛千嗤之以鼻，他就是看于隱不爽。

原因無他，因為他霸占沈墨晗身旁的位置，這讓他有種沈墨晗被搶走的感覺，他不喜歡。

沈墨晗翻了個白眼，不耐煩地說：「洛千學長，你現在的行為真的很幼稚。」

「不要緊的，我想千里眼大人也是因為關心妳，我理解。」于隱朝著洛千莞爾一笑。

洛千卻起了一身雞皮疙瘩，「真是夠了。」

看到洛千吃癟，沈墨晗忍不住笑出聲來，「哈哈，洛千學長，你好像每次面對于隱都居於下風呢。」

洛千並不認同沈墨晗這一席話，「墨晗，妳這麼說就不對了。我從未輸給于隱，我也懶得跟他較勁。」

沈墨晗也懶得理會洛千，她對他的評價終究只有「幼稚」二字。

一旁的洛風對於洛千的表現也是直搖頭。

火車抵達車站，沈墨晗一行人又轉搭公車進入C區。一到家，沈墨晗立刻衝進屋內，看到沈母，立刻衝上前抱住她。

沈母困惑地問道：「墨晗，妳今天怎麼會回來？不用上課嗎？」

「請假了。」沈墨晗將臉埋在沈母懷中。

沈母語帶責備地說：「怎麼可以隨便請假呢？妳這樣是浪費妳爸爸繳的學費。」

沈墨晗從沈母懷裡探出頭，傻笑了笑，「嘿嘿，我會向爸爸道歉，我相信他會原諒我的。媽，我真的很想妳跟爸爸，因為太想念，所以就請假回家囉。」

她是抱持著今日是最後一次見到家人的心態回到C區。

「墨晗，妳是不是不舒服啊？還是妳遇到什麼困難？妳老實跟媽說，媽幫妳想辦法。」沈母擔憂地看著她。

聞言，沈墨晗瞬間淚崩，她抱緊沈母，大聲說道：「媽……妳別擔心我，我、我真的只是因為太想家所以才跑回來……妳不要責備我，好嗎？」

沈母不知道沈墨晗發生了什麼事，只是看她如此傷心，她也很不捨，「墨晗，妳就別瞞著媽了，快告訴我妳發生什麼事吧！妳這樣，媽看了很心疼。」

沈墨晗搖搖頭，她怎麼可能把自己可能只剩下一天壽命的事告訴沈母，這種話她怎麼可能說出口！

這時，于隱和洛氏兄弟進到沈家。沈母看到他們，在沈墨晗耳邊小聲說道：「妳現在這副模樣被男孩子看見，他們會討厭妳的。快，快去洗把臉，我先幫妳擋著。」

沈墨晗微微頷首，離開沈母懷裡，低著頭，往廚房的方向小跑步跑去。

等到沈墨晗離開，沈母也開始招呼洛氏兄弟和于隱。她對洛氏兄弟有印象，但是她還是第一次見到于隱，看于隱外表俊俏，跟洛氏兄弟站在一塊形成一副好景象。

于隱站到沈母面前，禮貌地說：「伯母您好，我是墨晗的同學，我叫于隱。」

「原來你是墨晗的同學啊。你好，你長得真好看，有女朋友了嗎？」沈母趁機推銷自家女兒。

于隱笑著搖搖頭，「我沒有女朋友。」

沈母激動地抓住他的手，「于隱，你覺得我們墨晗怎麼樣？」

「墨晗人很好，善良又可愛，我很喜歡她。」

聽到于隱說的話，沈母可開心極了。

老實說，她覺得洛氏兄弟是不錯，但是畢竟是雙胞胎，若是跟其中一方在一起的話，倘若另一方對沈墨晗也有興趣，那不就尷尬了嗎？

沈墨晗從廚房走了回來，看到沈母拉著于隱的手，她疑惑地看著他們，「媽，妳怎麼抓著于隱的手？」

她覺得沈母好像有哪裡怪怪的，但又說不上來。

沈母拍拍于隱的手背，這才鬆開他的手，轉而面對沈墨晗，「墨晗，妳爸爸說想去看海，現在一個人待在海邊，妳去把他叫回來吧。」

聞言，沈墨晗答覆道：「我知道了，我這就過去。」她原本還在想怎麼沒見到沈父呢。

「我陪妳一起去。」于隱搶在洛氏兄弟之前對沈墨晗說。

可沈墨晗卻拒絕他，「我想跟我爸單獨談話，放心吧，不會有事的。」

語畢，沈墨晗逕自走向門口，走出沈家大門，往堤防的方向走去。

于隱還是不放心，想要偷偷跟在她後頭保護她，但卻被洛風制止。

「她可能是想跟父親道別，我們就別打擾他們父女談話了。」

于隱思忖半晌，接著點點頭，表示自己了解了。

來到堤防，沈墨晗尚未踏入沙灘，便看到赤腳站在沙灘上，望著大海的沈父。

她緩緩走向他，輕喚一聲：「爸，你在這裡做什麼？」

聽到聲音，沈父轉過頭，看到沈墨晗出現在自己眼前，他很是驚訝，「小晗？今天不是假日，妳怎麼會回來？」

被二老問了相同的問題，沈墨晗也以相同的話回答，「我很想念你跟媽媽呀，所以就請假跑回來看你們。」

沈父不像沈母方才那麼激動地指責沈墨晗的不是，反倒是走上前，輕輕抱住她，「我們真的是心有靈犀呢，我也很想念我的寶貝女兒。」

沈墨晗壓抑著淚水，她不想讓沈父看到自己哭泣的模樣。

「爸，血緣是騙不了人的，因為我們是父女呀。」沈墨晗壓抑著內心的激昂，說道。

「哈哈——小晗說得好。沒錯，正因為我們是父女，所以才會思念彼此，說得對極了！」沈父爽朗大笑。

沈墨晗也開心地笑了。

「爸，我等會兒就要回學校，過些日子再回來看你們。這次回來得比較倉促，沒有帶什麼名產回來給你們，下次我會準備的。」

「不用啦。」沈父搖頭，「不用特地買名產回來，家裡就我跟妳媽兩個人，吃不了這麼多。」

「可是……」

沈父的手擋在她面前，不讓她繼續說下去。他寵溺地摸了摸她的頭，慈愛的雙目直視著她，「小晗，妳有這份心意我跟媽媽就很高興了。我們只希望妳可以順利從大學畢業，找到一份穩定的工作，找到一個可以彼此照顧的對象就好。小晗，爸爸媽媽真的很珍惜妳，如果可以，我們真想把妳綁在身邊，讓妳永遠待在我們身旁就好。」

沈家的詛咒一直存在，只是沈家人平日不喜歡提起這件傷心事，他們希望以正向的態度去面對每一天。

離別總有一天會到來，何不趁著離別之日到來前，快樂度過每一分每一秒。

了解到沈父真正的想法後，沈墨晗的眼淚無法控制地落下，「爸爸……我也很捨不得離開你們……」

沈父著急地哄著她，「唉呦，我們小晗別哭啊，爸爸一看見妳落淚就……」

「怎麼可能說不哭就不哭啦……」沈墨晗越哭越帶勁，完全停不下來。

沈父顯得不知所措，乾脆抱住她，拍拍她的背，幫她順順氣，「小晗不哭哦，爸爸在這裡。」

聞言，沈墨晗破涕為笑。方才感動的情緒都因為沈父的話，灰飛煙滅，「爸，你還把我當小孩哄啊？」

沈父搔搔頭，尷尬地笑了幾聲，「哈哈，哄人這種事我不會啦。不過，小晗現在不哭了，我也算及格了吧？」

「不及格。」沈墨晗笑著說。

父女倆在沙灘上擁抱著，沈墨晗多希望，明日永遠不會到來。

希望她能永遠跟家人在一起……

ღ

因為沈墨晗此次回來較為倉促，她沒有提前聯繫家人，自然也沒有告訴沈墨誠她要回家的事。

話雖如此，在離開C區前，沈墨晗還是打電話給沈墨誠。

電話才剛撥出不久便被接通。

「墨誠，你現在有空嗎？」

「有空才能接電話，說吧，妳打電話來要做什麼呢？」

沈墨晗對於沈墨誠的口氣不是很滿意，「我沒事就不能打電話給你嗎？只是單純想跟你聊聊天，確認你過得好不好，不行嗎？」

「好，妳要聊就聊吧，我現在有的是時間，不管妳要確認我是否還活著或是有沒有女朋友都行。」

「所以你有女朋友了？」沈墨晗的語氣不禁上揚。

「沒有。剛才只是舉例而已，別想太多。」

沈墨晗還以為能夠在自己離開前聽到弟弟的好消息，沒想到沈墨誠只是舉例而已，她的語氣也難掩失落，「喔，我還以為我家弟弟終於要擺脫單身生活了，真可惜。」

「欸，妳怪怪的，妳說話怎麼有氣無力，聽起來無精打采，妳生病了嗎？」

「我沒生病，而且我因為太想爸媽了，所以今天請假回家一趟，等等就要回學校了。」沈墨晗環視房間，這裡的一切都令她感到不捨。

「妳這樣以後怎麼獨立生活？妳該不會要一輩子待在家裡吧？」

沈墨晗的嘴角微微上揚，「如果可以的話我還真想一輩子賴在家裡，當啃老族呢。」

「真沒志氣。我可不想變得像妳一樣，我有遠大的抱負，有事情必須處理。」沈墨誠的語氣激昂。

這件事沈墨晗還是第一次聽到，她好奇地問：「你有什麼夢想啊？我怎麼都不知道我弟弟這麼有理想？」

「妳不知道的事情可多了，或許妳從未了解過我，但我卻十分了解妳。」

沈墨晗挑眉，「哦？你確定你真的了解我嗎？」

「我了解妳，無論是過去還是現在都是如此。」

對於沈墨誠的這一席話，沈墨晗並沒有多想，甚至把它當成玩笑話。

然而，不久之後他才知道沈墨誠這句話的意思，也才知道……她好像從未了解過沈墨誠，但……沈墨誠確實很了解她，比她自己還要了解。

傍晚前，沈墨晗一行人便離開C區。

洛風一直和天界的神將保持聯繫，因為知曉此妖魔的力量不容小覷，因此玉皇上帝也派遣神將帶兵下到人界，協助沈墨晗等人消滅妖魔。

妖魔不僅會為人界帶來極大威脅，天界其實也深受影響，而且媽祖此刻消失蹤影，或許就與妖魔有關。好不容易掌握到妖魔的下落，天界自然不會放過寶貴機會。

在火車上，沈墨晗的情緒一直很緊繃，只要有微小動靜，那條緊繃的線就會瞬間斷裂。

一回到租屋處，她為了儲備體力，早早就回房休息，盥洗過後，她躺在床上，望著天花板，遲遲沒有睡意。

進入大學後，她的煩惱越來越多，失眠的情況也變得嚴重。以往，她都是沾了床鋪就睡著，現在，她數了上百隻綿羊也毫無作用。

她索性坐起身，下了床鋪走到書桌前，從抽屜內拿出一本筆記本，從鉛筆盒內隨意抽出一隻藍筆，翻開筆記本，記錄下她的內心話。

她振筆疾書，越寫越起勁，恨不得將整本筆記本填滿，想把她的這一生都寫進筆記本，因為她的人生是如此精采，如此特別。

沈墨晗一夜無眠，彷彿嗑藥般的，絲毫沒有半點疲倦，處於亢奮狀態。

她將筆記本擺在桌上，如果她無法再回到這裡，她希望能有人將這本筆記本交至她的家人手中。

此時，沈墨晗最大的遺憾，應該就是無法見到弟弟沈墨誠最後一面吧。

雖然昨日通過電話，與沈墨誠聊了一段時間，但她還是想親眼見到雙胞胎弟弟，想念她親愛的家人。

她傳了一則訊息，要沈墨誠好好照顧自己，累了就回家，家人會給予他最大的溫暖。

因為時間尚早，沈墨誠應該還在睡覺，因此訊息尚未被已讀。

沈墨晗也不著急，反正訊息何時被已讀都沒關係，只要她的心意傳達出去就好。

梳洗過後，沈墨晗換上輕便的衣服，拉開房門，走出房間。來到客廳，洛氏兄弟坐在沙發上，悠閒地喝著從超商買來的咖啡，聽到腳步聲，他們同時轉向沈墨晗的方向。

「早安，墨晗學妹。」洛千慵懶地向沈墨晗問早。

沈墨晗的唇角勾起，綻放出燦爛的笑容，「早安，洛學長。」

洛風一臉淡定地滑著手機，洛千則是捧著咖啡，輕啜一口，「真香醇。」

沈墨晗也坐到沙發上，看到桌上擺著一個塑膠袋，裡頭裝著一個吐司盒。她拿過吐司盒，將它打開，盒內裝有冒著熱氣的圓形鬆餅，以及一包蜂蜜。

「哇，看起來好好吃！」

她從夾鏈袋倒出蜂蜜，均勻地淋在鬆餅上方。又從塑膠袋內拿出免洗叉子，以叉子切下一小塊沾有蜂蜜的鬆餅，放入口中，濃郁的蜂蜜香衝刺口腔，鬆餅的蛋奶香，搭配上蜂蜜，真是絕配！

「好幸福。」沈墨晗閉上眼睛，享受鬆餅配上蜂蜜的美好滋味。

一整天的好心情，就從早餐開始。

「這鬆餅是誰買的啊？」沈墨晗好奇地問。

洛千的眼神掃向洛風，以行動告訴沈墨晗，鬆餅是洛風買的。

沈墨晗瞪大雙眼，不敢相信洛風會為了她去買鬆餅，「洛風學長，鬆餅當真是你買的？」

洛風不耐煩地說：「對啦，就是我買的。」

「你不對勁耶。」

洛風的臉蛋泛紅，別過臉，低語：「知道妳喜歡吃甜食，在戰鬥之前總要先填飽肚子，而且也要吃自己喜歡吃的食物……」

沈墨晗抿了抿唇瓣，內心十分激昂，「謝謝洛風學長，我很喜歡這頓最後的早餐。」

洛風愣了一下，接著板著臉，正經地說：「這並不會是最後的早餐。」

沈墨晗癟嘴，聳聳肩，「誰知道呢？」

夜裡，她想了很多，也解開許多腦中的疑惑。

或許，她太在意生死，她可能要樂觀地面對此事。人生無常，她有幸遇到真心待她之人，生在如此幸福的家庭，她已經心滿意足了。

來不及說出口的話都已經寫在筆記本，如果她沒有機會回到這個屋子，就由其他人替她完成心願吧。

吃完早餐，由洛氏兄弟使用靈力，一行人瞬間就抵達C區的海邊。

才剛抵達，沈墨晗注意到不遠處站著一群身著華麗衣裳的人。洛氏兄弟告訴她，那些都是玉皇上帝派來支援的神將，各個武力、靈力高超，是他們的得力助手。

沈墨晗皺著眉，眺望著大海。遠方海面被染成烏黑一片，宣告著妖魔逐漸逼近。

「墨晗。」

于隱出現在沈墨晗身側，低喚一聲。

沈墨晗偏頭看向他，莞爾，語調輕鬆地說：「你來啦。」

語畢，沈墨晗又轉過頭，繼續眺望大海。

「昨晚還好嗎？」于隱問。

他這麼做無非是想轉移沈墨晗的注意力，降低她的緊張感。

沈墨晗知道于隱的好意，不厭其煩地回答他，「還好，就是有些失眠，不過我利用晚上的時間寫了一點東西，寫完後，覺得心情舒暢許多，可以說是看開了吧。」

「是嗎……」于隱喃喃自語道。

突然，他側身抱住沈墨晗，沙啞的嗓音出現在沈墨晗耳邊，「墨晗，妳不會死的，妳會好好活下去的。」

本來因為于隱突然的舉動而全身僵硬的沈墨晗，冷靜下來後，她輕笑了笑，開口道：「雖然你是龍王的兒子，但你可不是預言家哦。」她調侃道。

于隱仍以輕柔的嗓音回應她，「雖然我不是預言家，但我向妳保證，我會保護妳，所以妳一定會平安無事。」

聞言，沈墨晗的內心暖烘烘的，嘴角忍不住上揚。

她張開雙臂，回抱于隱，「即使我不是默娘，你也願意保護我，真的很謝謝你。」沈墨晗真誠地說。

「我說過了，我想要保護的人，名叫沈墨晗，這與妳是否為轉世者無關，我只是單純地想要保護我愛慕的人。」語畢，于隱的唇落在沈墨晗的臉蛋。

一吻畢，他退了開來，定睛注視著沈墨晗。

沈墨晗甚至還沒有反應過來，當于隱以炙熱的眼眸注視著她，她才意識到方才于隱對她做的事。

她雙手捧著臉頰，紅暈漸漸爬上臉蛋，羞澀地低下頭。

于隱見狀，又想對她使壞，但不想再嚇到她，因此作罷，「墨晗，成功消滅妖魔後，妳能告訴我妳的答覆嗎？」

沈墨晗默不作聲，她完全不知道此刻的自己該對于隱擺出什麼表情。

于隱突如其來的告白，確實消去她緊張的心情，卻也添加新的情緒啊！

沈墨晗陷入短暫的放空期。于隱對她說的話不斷在腦中重複播映著，讓她完全失去冷靜，只能藉由放空緩和激動的情緒。

「墨晗，妖魔現身了！」

然而，洛風的一句話，立刻將沈墨晗拉回現實。她將方才的事拋之腦後，銳利的眼神筆直地看向大海。

只見妖魔浮出水面，出現在眾人面前。

不似百年前全身被暗紅色火焰包覆的模樣，如今的妖魔，全身散發著比當年更為強烈的壓迫感。黑暗籠罩在他全身，一雙憤怒的眼睛直視著沈墨晗。

沈墨晗迎上妖魔的視線，她不禁向後退了好幾步，身體止不住打顫，額上冒著冷汗。全身的細胞都在告訴她不能繼續與妖魔對視，更不能靠近妖魔。

這時，洛氏兄弟一左一右，將手搭在沈墨晗肩上，似乎在告訴她——妳的後方，有我們。

接收到洛氏兄弟給予的勇氣後，沈墨晗勇敢地往前跨出一步，站在眾人中央，肅穆地望著妖魔。

「默娘……妳果然又轉世了。」妖魔的聲音極為尖銳，就像是指甲不經意刮到黑板般的刺耳。

沈墨晗不禁起了雞皮疙瘩，皺著眉，臉上難掩痛苦。

「快張開靈力保護自己。」洛風的聲音直接傳進她的腦中。

沈墨晗沒多想，立即照辦。

她張開靈力，以靈力包覆全身，不適感確實降低，深鎖的眉頭也漸漸舒展開來。

「默娘，妳為什麼又要阻止我？妳都輪迴幾次了，這次也想魂飛魄散？」妖魔冷淡問道。

沈墨晗只當妖魔是想打亂她的節奏，因此她沒有太在意妖魔說的話，而是沉著冷靜地回答道：「那你為什麼要再次破壞大海的安寧？若不是你，沈家也不必承受詛咒，我也不會以轉世者之姿誕生於世，你說，到底是誰的錯呢？」

妖魔冷笑一聲：「呵，默娘，這麼多年過去，妳還是一樣愚蠢。身為人類的妳，憑什麼認為自己能夠戰勝我？」

他的目光又掃向沈墨晗身旁的于隱、洛氏兄弟，以及那些特地下凡支援的神將，「都是些熟面孔，幾百年來不知道跟我鬥過幾次，為何我還會在此現身，不就是因為你們這些神將各個一無是處，占著神將的位置，吃香喝辣，根本是廢物。」

妖魔的一席話，讓向來自傲，對自己的能力很有信心的神將們為之憤怒。不等沈墨晗發號施令，有的神將就直接往妖魔的方向飛去。

「這點靈力就想降伏我？」妖魔單手一揮，一道強風快速掃向神將，飛在最前方的神將反應不及，來不及以靈力保護自己便被妖魔的術式擊中，被打回原位，身上多出一道怵目驚心的傷痕。

接著，又一群神將往妖魔的方向飛去，洛氏兄弟也緊跟上前，加入戰局。

沈墨晗在後方觀看戰況，她原先以為有神將的支援，加上洛氏兄弟、于隱以及自己，必然能降伏妖魔。但，看到越來越多神將負傷，洛氏兄弟的表情看起來也很吃力，沈墨晗開始擔心他們會敗下陣來。

「墨晗，我也差不多該過去了。」于隱平淡地說。

沈墨晗擔憂地望向他，「小心點，別受傷。」

于隱牽起一抹淺淺的笑意，接著便離開沈墨晗身旁，飛往海面，迅速施展術式，對妖魔發動攻擊。

正當沈墨晗準備前往前線迎擊妖魔時，她的腦中出現一道令她熟悉卻又陌生的聲音。

「沈墨晗——」

聲音聽起來既不是洛氏兄弟也不是于隱的，這到底是誰的聲音？

然而下一秒，沈墨晗突然眼前一黑，全身無力地倒了下來。

耳邊還可以聽到術式施展的聲音，可以聽到海浪拍打礁石的聲音，眼前卻什麼都沒有，連移動一根手指頭也很困難。

她以為自己被妖魔襲擊而感到恐慌時，她的視力又瞬間恢復，一道強光打下，她不得已又閉上雙眼。

「沈墨晗，睜開眼睛。」

方才的聲音再次出現，這次甚至以命令的口吻對她說話。

待適應光線，沈墨晗緩緩睜開眼睛，卻在看到眼前的人後，驚訝到說不出話。

她不敢相信聲音的主人竟然是他！

「墨晗。」

與剛剛冷漠、命令式的語調不同，這次，他喚著她的名字時，是如此地溫柔，聽了很舒服。

沈墨晗的雙手摀著嘴巴，她的眼神透露著恐懼和不敢置信，「你為什麼會在這裡？你怎麼在這裡？沈墨誠！」

沈墨誠，沈墨晗的雙胞胎弟弟。此時此刻，站在沈墨晗面前的人便是他。相對於沈墨晗的激動，沈墨誠顯得沉著冷靜。他不慌不忙說道：「理由蠻簡單的，因為你們在找我，所以我就現身囉。」

「找你？我們為什麼要……」沈墨晗不禁瞪大雙眼，卻又搖搖頭，想把腦中浮現的想法拋開，但如果真是如此，如果沈墨誠真的是……

「……墨誠，難道你就是妖魔嗎？應該不是吧，你是我雙胞胎弟弟，你怎麼可能是妖魔。你是被妖魔威脅了，對吧？」

沈墨晗絕不輕易相信沈墨誠是妖魔，是那個她努力特訓，下定決心要消滅的妖魔。

沈墨誠是人類啊，跟她一樣都是人類的他，如果不是被妖魔逼迫，怎麼會說出自己就是他們在尋找的妖魔呢？

然而，沈墨誠卻是搖搖頭，接著冷淡地說：「我就是百年前默娘沒有成功消滅的妖魔，是奪走默娘靈魂碎片的始作俑者。」

「也是我，對沈家下了詛咒，奪走沈家女子性命。」

沈墨晗頻頻搖頭，她一臉驚恐，嘴裡唸唸有詞，「不，你不可能是妖魔。你是沈墨誠，跟我一樣是媽媽生出來的，你怎麼可能是妖魔！」

「妳是默娘的轉世者，我為什麼不會是妖魔？」沈墨誠反問道。

被沈墨誠這麼一說，沈墨晗瞬間接不了話。

她從未告訴家人她身為默娘轉世者之事。何況沈墨誠又待在北部，姐弟倆近期根本沒有面對面對話的機會，僅藉由傳訊息聊天，她也未曾在聊天過程中談及自己的身分。

「你為什麼知道我是默娘的轉世者？」沈墨晗皺著眉問道。

沈墨誠不以為然地說：「不就跟妳說了我就是妖魔嗎？我特地進入人類腹中待了九個多月，以人類之姿重返這個世界。」

「所以我本該是獨生女，是因為你……媽媽才會生出雙胞胎？」沈墨晗的面色慘白，毫無血色。

「呦，終於開竅啦！沒錯，妳得出的結論是正確的，我就是為了近距離觀察妳，才會以人類的模樣再次出現在妳面前。」

「你為什麼要這麼做？為什麼要特地以人類的模樣出現在我面前？」沈墨晗看出沈墨誠的變化，他的語氣不再是她熟悉的語調，反倒變得冷血，令她懼怕。

沈墨誠冷笑了笑，嘴角緩緩上揚，「因為這樣，妳才不敢對我下手，不是嗎？」

沈墨晗的身體僵住，因為沈墨誠說的是事實。

她真的……無法對他下手……

第七章－因果

沈家已有上百年歷史，自清朝開始，沈家都維持著一胎的情況。一直到沈墨晗的母親誕下雙胞胎，沈家是一則喜一則憂，喜在於沈家終於能夠增加子嗣，憂則在於擔心這兩個孩子的出生會對沈家帶來毀滅性的災害。

只是，隨著兩個孩子日漸成長，沈家依然安逸過日子，反倒在事業上，有了更輝煌的發展。沈家長輩也因此改觀，認為沈墨晗、沈墨誠這一對雙胞胎是沈家的奇蹟，長輩們都寵著他們。

沈墨晗天生好動，喜怒分明，最喜歡打打鬧鬧，明明是女孩子，卻經常帶傷回家，讓沈父、沈母很是擔心。

相反地，沈墨誠從一出身便很安靜，幾乎沒有哭鬧，當姐姐在一旁吵著要玩耍時，他卻是靜靜地坐在一旁看著她，沒有因為姐姐的吵鬧而皺眉頭，或是覺得厭煩。

一動一靜的兩個孩子，帶著各自的使命誕生於世……

「當年，默娘因為靈力耗盡，加上受了重傷，最終失去肉身，卻也神格化為媽祖，成為大海的守護神。默娘的靈魂進入輪迴，轉世後的人類，都必須在有限的時間內，找到我的下落，將我降伏。可，他們都不知道，我躲在海底療傷，一百年前才離開海底，再次出現在陸地。

從那時起我便決定，我要以人類之姿重返陸地，為了親手殺了妳，我便以妳雙胞胎弟弟的身分誕生在這個世上。」

沈墨誠雲淡風輕地說著他們這一世的因果。聞言，沈墨晗不禁打了冷顫。

原來，這一切都是妖魔有意安排，原來，她從來都沒有弟弟，因為她的弟弟，就是妖魔。

「我們從來都不是什麼沈家的奇蹟，雖然肉體是在同個母親的肚中成長，但我的意識卻早已成形。」

「所以你藏著這個祕密整整十八年？你又為什麼要選在這個時間點再次出現？明明有很多下手的機會，為何偏偏挑在這個時候？」沈墨晗追問道。

她相信沈墨誠說的因果，但，在上大學前，他們每一天相處在一起，她也處於渾然不知的狀態，為什麼要等到她的壽命將盡才要對她出手？

沈墨誠沉默不語，沒有回答沈墨晗的問題。

發現沈墨誠開始動搖，沈墨晗決定追問下去，「就算你對我有恨意，但是和我生活在同個環境下，被父母愛著，我們相親相愛，你的心真的沒有動搖嗎？」

「別說了！」沈墨誠用雙手摀著耳朵，他不想聽沈墨晗說的話，因為他怕自己會像沈墨晗說的一樣，心生動搖。

「墨誠，昨日我們通電話的時候，你說我不了解你，但你十分了解我，確實就像你說的，我從未真正了解你。但，我是你的姐姐，我們是家人，你真的從來都沒有動搖過，從來都沒有把我當作你的姐姐嗎？」

沈墨晗想逼沈墨誠坦然面對自己的心。

她猜想，即使是妖魔，內心深處肯定也有善良的一面。就算沈墨誠是妖魔，沈墨晗仍抱持著希望，希望能夠喚出沈墨誠的善心。

沈墨誠痛苦地抱著頭，蹲下身，單膝跪地。

「沈墨晗，妳別以為妳這麼說我就不會傷害妳！我要報仇，我要奪回屬於我的位置！」沈墨誠怨憤地瞪著她。

「奪回屬於你的位置？這句話是什麼意思？你到底為什麼仇視默娘？難道你就不能放下仇恨嗎？」

她慢慢走向他，伸手想要碰觸他。

沈墨誠猛然抬起頭，拍開沈墨晗的手，怨恨地瞪著她，「放下仇恨？若不是默娘搶走我的位置，我也不至於墮落至此！默娘已死，但是她的靈魂進入輪迴，再次轉世成人，每殺死一位轉世者，我就更加確信自己的所作所為是正確的，因為我恨默娘，我恨妳！」

沈墨晗低頭看著自己泛紅的手背，皮肉之痛也比不上內心所受到的痛苦。

外頭于隱和洛氏兄弟都在戰鬥，她卻無法加入戰局，尤其現在又知道妖魔的真實身分就是沈墨誠，沈墨晗內心的天秤開始傾斜，她堅定的決心動搖了。

倏忽，沈墨誠的外表開始產生變化。
他被一團黑煙包圍著，沈墨晗漸漸看不到他的身影。
「墨誠！」她慌張地喊了一聲。
即使知道沈墨誠的真實身分，她還是無法不擔心他的安危。
她在接近他的時候，沈墨誠伸出一隻手，將她拉入黑煙當中。
「就讓妳看看，我是怎麼誕生於世的吧！」
沈墨誠說完話，黑煙散去，眼前的景象又改變了。
沈墨晗發現自己身處在海中，各種奇特的魚群在她身旁打轉，這都是她從未見過的魚種。
當她伸手想要觸碰魚兒，她的手卻穿透魚的身軀，接連試了幾次都是如此。
「妳碰不到牠們的。」沈墨誠的聲音出現在她腦中。
沈墨晗環視四周，沒有看到沈墨誠的身影，「沈墨誠，你在哪裡？」
倏忽，沈墨誠出現在沈墨晗面前，面無表情地看著她。
「你到底想讓我看什麼？」沈墨晗問。
沈墨誠指了個方向，沈墨晗順著他手指的方向看去，發現海底堆滿白骨，還有許多殘破不堪的船隻，就這樣躺在海底。
「妳知道這些白骨都是怎麼來的嗎？」沈墨誠問道。
「船難。」沈墨晗簡潔有力地回答他。

海底不可能平白無故出現白骨，那這些白骨便是發生船難，或是意外落海身亡的前人。而船隻碎片，可能就是當時他們所搭乘的交通工具。

船隻的材料為木頭，這是古時候船隻使用的材料，如此看來，現在沈墨誠讓她看到的景象，是幾百年前大海的狀況。

「你想表示什麼？」沈墨晗相信沈墨誠這麼做絕對是有原因的。

「我說了，我要讓妳看看我是怎麼誕生的。」他有些不耐煩地回答她。

既然離不開這裡，沈墨晗也只能繼續看下去。

躺在海底的白骨，不知從什麼時候開始，漸漸被黑煙籠罩，海底變得汙濁，塵土飄揚，看到這副景象，沈墨晗不禁摀住鼻子，深怕一不小心吸進塵土。

「這些都是過去的景象，妳完全不用擔心會吸入塵土。」

聞言，沈墨晗才將手放下，專注看著海底的變化。

不久，黑煙逐漸散去。黑煙徹底退去時，沈墨晗發現原先躺在海底的白骨竟然消失了！

她偏頭望向沈墨誠，正打算開口，沈墨誠卻搶先一步說道：「繼續看下去。」

果然，海底又出現變化。原本堆滿白骨的地方，竟出現一個大坑洞。由上往下看，大坑洞延伸到很深的地方，下方一片漆黑，沈墨晗也不知道裡頭有著什麼。

大坑洞湧現出一股強大的水流，水流直衝海面，在海底形成龍捲風。

龍捲風持續一段時間，沈墨晗看到有人慢慢從上方墜落，而且那些人有的都還會掙扎。她看了十分不忍，急忙上前想要幫助他們，但她卻忘了，眼前的景象都已成為過去。她無法拯救落海的人們，只能眼睜睜看著他們墜落海底，落入大坑洞。

越來越多從上方飄落的物品、屍體落到大坑洞內，大坑洞上方的黑煙也愈來愈厚重，從沈墨晗站的地方，便可感受到強烈的陰氣。

沈墨晗恍然大悟，轉過頭，驚訝地看著沈墨誠，「你是由海底的陰氣構成的？」

沈墨誠勾起嘴角，挑眉看著她，「不錯嘛，這樣就猜出來了。」

沈墨晗警戒地盯著他，洛氏兄弟在幫她特訓時曾說過。

「妖魔鬼魅的誕生分為兩種：一，天生就擁有強大能力的妖魔鬼魅，他們會藉由互相殘殺累積能力，威脅性高，但卻比不上第二種。第二種類型的妖魔鬼魅，是由陰氣誕生而成。為何威脅性較高，那是因為他們以人類、動植物的怨氣做為成長的養分，怨氣能夠讓他們產生很高的能量，威脅性自然較高。」

當時，沈墨晗很認真地聽著洛氏兄弟與她分析妖魔鬼魅的差異，眼下，她就遇到藉由陰氣誕生出的妖魔，也能說明他的力量為何如此強大了。

「沈墨晗，這下妳知道我是怎麼誕生了吧。」沈墨誠的臉色異常冷靜，身體開始散發出黑色的火焰。

沈墨晗拉開與他的距離，提高戒心，深怕他會突然發動攻勢。

沈墨誠雙手一攤，「別急著提防我，現在的我使用不了招式，我才應該懼怕妳才是。」

「我為什麼要相信你？」沈墨晗仍不敢掉以輕心。

沈墨誠嘆了口氣，右指一彈，他們瞬間離開海底。

「處於人類狀態的我，無法施展招式，這也是為什麼你們一直以來都無法找到我的原因。」

沈墨晗想起洛氏兄弟和天界找尋妖魔許久都無法找到他的下落，原來正是因為這個因素。

「你為什麼要告訴我這些？你就不怕我現在就消滅你？」

「因為我知道妳無法對我下手。妳不會傷害自己的家人，自己的弟弟。」沈墨誠分明處於劣勢，但是他卻表現得很冷靜。

沈墨晗知道，沈墨誠能夠如此冷靜的原因，就是因為她仍將沈墨誠視為弟弟，所以他確信沈墨晗不會出手傷害他。

「可惡！」沈墨晗咒罵一聲。

之前這麼努力特訓，到了緊要關頭，她卻無法對妖魔施展術式，無法對沈墨誠下手。

「繼續耗在這裡很沒意思呢。」沈墨誠來回踱步。

「你什麼意思？」

「妳不攻擊我，我反倒覺得外面的世界還比較有趣，畢竟……」沈墨誠瞬間變臉，「殺人這種事比較適合我。」

沈墨晗尚未回過神，眼前的景象再次改變。眼前又是那片大海，洛氏兄弟、于隱，神將們都出現在她的視線範圍內。

她正打算從地上爬起，于隱著急的臉龐便出現在她眼前，「墨晗！妳還好嗎？妳有受傷嗎？妳怎麼會突然昏倒？」

沈墨晗在于隱的幫助下，坐起身子，扶著仍有些暈眩的頭，虛弱問道：「我暈倒很久嗎？」

「沒有，我用眼角餘光看到妳倒下的瞬間我就立刻趕過來了。墨晗，妳真的沒事嗎？是妖魔攻擊妳的嗎？」于隱上下打量她的身體，很擔心沈默墨晗的身體狀況。

沈墨晗搖了搖頭，「我之所以昏倒，是因為我剛才與妖魔進行對話。」

她感覺自己與沈墨誠談了好一陣子，但外頭的時間卻只是一瞬間的事。

于隱聽到沈墨晗說她與妖魔進行對話，他激動地抓住她的肩膀，「他對妳說了什麼！妳真的沒有受傷嗎？」

沈墨晗垂下頭，不知道該不該對于隱說出妖魔的真實身分。

「墨晗，妳為什麼不回話？是妖魔威脅妳嗎？」

于隱的手勁較大，沈墨晗吃痛地皺眉，試圖掙脫于隱的手，「于隱，你小力一點，會痛……」

聞言，于瘾才急忙收手，慌慌張張地詢問她的狀況，「抱歉，我沒控制好力道，對不起，我真的很抱歉。」

沈墨晗還是第一次看到如此手忙腳亂的于隱，她輕輕搖頭，語調溫柔地說：「我沒事，我知道你是關心我。你別擔心，妖魔沒有傷到我，也沒威脅我，他反倒……告訴我一些事情。」

于隱挑眉，疑惑問道：「妖魔告訴你什麼？」

沈墨晗的視線看向大海，妖魔就在海面上，只要想到妖魔的真實身分，她的臉色不禁沉了下來，「……他告訴我他是如何誕生，也告訴我他的真實身分。」

「所以妖魔的真實身分是什麼？」于隱不敢相信妖魔竟會對沈墨晗說出自己的祕密。

「他……是我的家人。」沈墨晗鼓起勇氣把適時說出口。

于隱則是一臉困惑，「妳的家人？怎麼會是妳的家人呢？墨晗，妳別聽妖魔胡說，他肯定是在欺騙妳。」

「不！我信了。就算我不想相信也不行，因為、因為妖魔的真實身分就是我弟弟沈墨誠啊！」沈墨晗激動地說。

于隱詫異地看著沈墨晗，「妖魔是這麼告訴妳的嗎？」

看于隱仍不相信的模樣，沈墨晗苦澀一笑，決定把剛才看到的真相告訴于隱，「在我昏倒後，我的意識進入另一個空間，我在那裡看到我的弟弟，我不會看錯的，他真的是沈墨誠，是我的雙胞胎弟弟。他告訴我，他就是妖魔的本體，他說他是故意以人類之姿回到陸地，因為他確信他這麼做的話，我在得知真相後就不敢對他下手。」

于隱的瞳孔逐漸放大，「……妳、妳的弟弟真的就是妖魔？是我們現在正在對付的妖魔？」

「你沒聽錯……我們一直以來在找尋的妖魔，就是我的弟弟……沈墨誠。」

「妳弟弟真的就是妖魔？」

「千真萬確。我媽媽她之所以懷上雙胞胎，就是妖魔特意為之。」沈墨晗冷靜地回應于隱。

于隱沉默片刻，待他將所有的重點在腦中整理完畢後，他冷靜下來，平淡問道：「妳打算怎麼做？如果不消滅妖魔，他就會繼續作亂，而妳的性命，也會在不久之後歸零。」

于隱的問題正是沈墨晗現在糾結的問題。

「如果……我是說如果，我們不消滅妖魔，這是可行的嗎？」

「墨晗！」于隱的語氣激昂，他雙眼充血，神情痛苦地看著她，「就算他曾經是妳的弟弟，但是現在妳知道他的身分，妳知道他就是那個奪走你們沈家女子性命的妖魔，妳還要繼續護著他嗎？」

沈墨晗別過臉，不敢和于隱對上眼。

她也很討厭現在的自己，倘若因為她的一己私利，導致人間，甚至是天界都受到極大的破壞，她就算死，也無法原諒自己。

可是，現在的難處就在於她不忍心對自己的弟弟動手。

「我還沒下定決心，你別逼我。」沈墨晗的內心很掙扎，她知道妖魔非消滅不可，可是……她偏偏中了妖魔的圈套，陷入兩難的局面。

「墨晗，妳不要忘了妳付出的努力，還有那些因為妖魔喪命的人們。倘若妳不將其消滅，死的人可是妳啊！」

于隱一再強調妖魔所造下的罪孽，沈墨晗全都能理解，但是、但是她……

時間所剩不多，她可以感受到自己左手臂上的蓮花胎記開始發燙，早上看過，蓮花花瓣已經快要徹底凋落，也代表她的生命正走向盡頭。

一旦花朵完全凋謝，也是她生命畫下句點的瞬間。

她想要活下去，想要活在這個有家人陪伴，有于隱、洛氏兄弟的世界。

沈墨誠是她的弟弟，但也是為這個世界帶來災難的妖魔，如果不降伏他，會有更多人傷亡。

目前，因為有洛氏兄弟在四周以靈力撐起防護罩，外界的人看不到這裡發生的一切。但一旦防護罩被打破，妖魔的力量會對外界造成巨大傷害，這不是她所樂見的。

「墨晗。」于隱輕喚她一聲，他在提醒她，已經沒時間讓她猶豫了。

沈墨晗深吸一口氣，抿著唇瓣，停頓半晌，她開口道：「我們到前線去吧！」

「嗯。」于隱欣慰地看著她，「辛苦了。」

沈墨晗突然伸出手捧住于隱的臉頰，迅速地在他的額上落下一吻，又急忙退開。

于隱呆愣地看著她，還沒意識到沈墨晗對他做了什麼。

「這……這是回報你對我的幫助，你千萬別胡思亂想，我……」

話還沒說完，沈墨晗的唇便被堵住了。

唇上的熱度以及眼前瞬間放大的臉，都讓她受到不小驚嚇。

「我喜歡妳，正因為喜歡，我更不想失去妳。」于隱的語氣真誠，眼裡倒映著沈墨晗的身影。

沈墨晗從原先的震驚，臉蛋逐漸脹紅，喜悅溢於言表，「我好高興，于隱，我真的好高興。」

于隱伸手輕撫沈墨晗的臉蛋，深情地望著沈墨晗，「墨晗，妳也是喜歡我的，對吧。」

沈墨晗微微頷首，「嗯。」

「順利消滅妖魔的話，我們就在一起吧。」于隱柔聲道。

沈墨晗的眼睛閃爍著光芒。她用力點頭，興奮地說：「好！」

于隱也勾起唇角，牽起沈墨晗的手，「我們走吧。」

沈墨晗頷首，說：「去做個了斷吧。」

一眨眼功夫，他們便來到海面上。

沈墨晗來到妖魔的面前，眾人也停止攻勢，一同望向沈墨晗。

洛氏兄弟身上的衣服殘破不堪，所幸沒有受傷，但他們如此狼狽的模樣，沈墨晗還是第一次見到。

「墨晗學妹。」

「墨晗。」

沈墨晗舉起手，制止他們想保護她的舉動。

「不必擔心我，我只是想再跟他談談，不會有事的。」語畢，沈墨晗逕自飄向妖魔。她勾起淺淺的笑意，淡然道：「墨誠，我想清楚了，今天我就會消滅你。」

妖魔身上的火焰漸漸消散，沈墨誠的臉出現在眾人面前。

他勾起邪魅的笑容，「既然已經下定決心，就千萬別放水。」

「當然。」沈墨晗的眼神堅定，口氣也很堅決。

她不能讓妖魔靠近岸上，她不能讓防護罩被破壞。若是妖魔繼續朝岸上前進，首當其衝的地區就是C區。她的家人都在那裡，她不能讓他們受到傷害！

沈墨誠再次被黑色的火焰包圍，此時的他已不是沈墨誠，而是沈墨晗他們必須降伏的妖魔。

妖魔開始展開攻勢，對著面前的沈墨晗施放一顆無比巨大的黑色火球。

火球速度極快，且威力巨大，所經之處激起陣陣海浪，可沈墨晗卻沒有半點慌張的神情。她泰然自若地將靈力集中在右手掌心，掌心的靈力快速聚集成水藍色的球體，待球體成長到大約頭腦大小後，沈墨晗將球體釋放出去。

火球與水球在空中激烈碰撞，依屬性相剋性質來說，沈墨晗應該占有優勢，但因為她半覺醒的靈力沒有辦法與妖魔相比，水球被火球吞滅，直直朝著她的方向飛了過來。

「墨晗！」

于隱擋在沈墨晗面前，以風刃試圖抵擋火球，火球的威力確實削弱許多，但于隱的力量仍被壓制，火球最終穿過風刃，打中于隱的胸膛。

被火球擊中的瞬間，于隱往後倒，撞上後方的沈墨晗。

沈墨晗用盡全力接住他，卻看到于隱吐出大量鮮血，臉色蒼白。

「于隱！于隱你不能有事，我會救你的！」沈墨晗抱著于隱，打算將自己的靈力傳送給于隱。

洛氏兄弟及其他神將一齊撲向妖魔，替沈墨晗爭取時間。

于隱的胸膛有嚴重灼傷，沈墨晗將手放在他的傷口上方，小心翼翼地將靈力輸送給他，讓他有足夠的靈力可以療傷。

「墨、墨晗，別把靈力……浪費在我身上。」于隱抬起手，想要推開沈墨晗。

沈墨晗的眼角掛著淚珠，拚命搖頭，「為了救你，這才不是浪費。」

她怪自己無能，怪自己為什麼遲遲無法完全覺醒，如果她已經完全覺醒，她的力量肯定不會輸給妖魔。

但是她也不知道要如何完全覺醒，明明就已經到了緊要關頭，已經這麼努力特訓了，但是她還是無法拯救大家……

「墨晗，別……哭，妳哭起來真的很難看。」于隱慢慢抬起手，溫柔地拭去她的淚水。

沈墨晗握住他的手，哭得更傷心了，「于隱，為什麼我這麼沒用？我想保護我重視的人，但是我卻做不到……」

于隱虛弱地說：「妳盡力了。墨晗，不要想太多，也別自責。我不會有事的，這點傷待會兒就恢復了。」

沈墨晗以靈力在空中搭建出一個空間，將于隱的身體慢慢放下，好讓他療傷。

「你待在這裡，在你傷勢恢復前，我不准你再次踏入戰場。」沈墨晗說完，又往妖魔的方向飛去。

于隱的手懸在半空中，抓不住沈墨晗堅決的心，抓不住……那不知會不會回到他身邊的可人兒。

ɞ

沈墨晗回到最前線，站到洛氏兄弟身旁。

「洛千學長，請你掩護我，我要更靠近妖魔一點。」沈墨晗大聲地說。

聞言，洛千、洛風同時皺眉。

「沈墨晗，妳沒看到現在戰況這麼激烈嗎？妳現在到妖魔面前，等於找死啊！」洛風憤怒地說。

「對啊！墨晗學妹，我們還是跟妖魔保持距離，做好長期抗戰的準備才比較恰當。」洛千試著說服沈墨晗。

沈墨晗心意已決，她認為遠距離的攻擊無法對妖魔造成致命傷，一定要更靠近他，將靈力匯集在一起，在最近的距離發動攻勢才能對他造成傷害。

「請就讓我試試看吧！」

洛千看向洛風，希望洛風能說服沈墨晗。洛風思忖半晌，最後，平淡地說：「千，由你負責掩護墨晗，我從旁協助你們進行攻擊。」

「風！」洛千不敢相信洛風竟然會答應沈墨晗的要求。

洛風卻是一臉堅定，「既然墨晗決定如此，我們就尊重她，在後方成為她的助力吧。」

洛千抿了抿唇瓣，最終還是點頭答應，「我明白了。」他釋放光芒，替沈墨晗開路，「墨晗學妹，我們走吧！」

「嗯！」沈墨晗進入洛千釋放的光芒中。

妖魔畏懼光明，所以妖魔在接近洛千釋放的光芒後，身體立刻被灼傷，沈墨晗趁機從光芒中跳出，將事先匯聚在手中的術式直接打在妖魔身上。

「啊——」妖魔大叫一聲，身體順勢向後傾倒。

沈墨晗決定趁勝追擊，借助大海的力量，將海水拉升出海面，形成強力水柱打向妖魔。

妖魔被正面擊中，身子迅速墜落，卻在快要落入海中的時候，他的眼神瞬間改變，將手伸向沈墨晗的方向，用力一握。

倏忽，沈墨晗的身體瞬間僵住，動彈不得。她才發現，原來自己中了妖魔的陷阱，這一切都是為了抓住她。

「墨晗學妹——」

洛千眼睜睜看著沈墨晗被妖魔抓住，他發瘋似地朝著妖魔發動術式，但妖魔卻把沈墨晗當作擋箭牌，讓眾人的攻勢被迫停下。

妖魔的手扣住沈墨晗的脖子，迫使她仰頭，呼吸變得急促。

「不要傷害她。」洛風來到最前方，一臉慌張地看著沈墨晗。

沈墨晗絕對不能出事，如果她出事了，他們這一戰根本毫無勝算。

妖魔的手逐漸縮緊，這讓沈墨晗的臉色越發鐵青，她已經瀕臨窒息了。

「沈墨晗啊，妳為什麼會天真的以為那一點攻擊就能夠傷到我？嗯？」妖魔的另一隻手輕撫沈墨晗的臉頰，指甲劃過她的臉頰時，在上頭留下一道血痕。

沈墨晗不斷進行深呼吸，想要緩和自己緊張的情緒。

她已經感受不到臉頰上的疼痛，腦袋因為缺氧，昏昏沉沉的，一點氧氣都很珍貴。

「兩位守護神還不知道我的真實身分吧。告訴你們，我其實也有人類名字的，我叫沈墨誠，就是沈墨晗的雙胞胎弟弟啊！哈哈，你們會不會覺得很可笑嗎？誕生於沈家的兩個孩子，一個是默娘的轉世者，另一個則是妖魔，你們不覺得很諷刺嗎？」

在聽到妖魔的真實身分後，洛氏兄弟他們愣在原地，眉頭深鎖，驚訝到說不出話。

「哈哈哈——我就是想要看到這個表情，真是太過癮了，哈哈——」

妖魔放聲大笑的同時，洛氏兄弟的面容是越發凶狠。

「風，我看我還是直接上前斃了他吧！我就不信我殺不了他。」洛千已經忍無可忍。

看到自家主人受到如此對待，他無法再坐以待斃。

洛風也很憤怒，但是他知道現在的情勢不允許他們輕舉妄動，因為沈墨晗還在妖魔手中。

「千，忍著點。墨晗現在在妖魔手裡，我們不能把墨晗當作賭注。」

「可是，我們也不能繼續讓他得意下去啊！要不然我使出術式，讓他暫時失明，你抓緊機會，救回墨晗？」

「不行。這樣太冒險了，可能會讓墨晗的處境更危險。」洛風擔心沈墨晗受傷，他的行事也變得更加小心謹慎。

主意一直被駁回，洛千的內心越發著急，「風！我們沒時間了。誰知道妖魔什麼時候會傷害墨晗，我們不能繼續在這裡發愣，要趕緊去救她！」

「我知道！但貿然出手，有可能會害墨晗受傷啊！」

兩個人透過腦波隔空吵架，一旁的神將們也感受到兩人凝滯的氣氛。

「兩位守護神，現在不是吵架的時候。沈墨晗大人還在妖魔手中……」

「先不要吵我！我需要安靜一下。」洛千狠狠瞪向試圖安撫他情緒的神將。

神將頓時安靜，退到後方，嘴上抱怨幾句後又恢復平靜。

妖魔幸災樂禍地看著這一切，他就是想看到他們彼此吵架，隊伍的氣氛改變，這對他來說，是一舉殲滅這隻隊伍的大好機會。

他低頭看著手中的沈墨晗，此時的沈墨晗因為缺氧而陷入昏厥，緊閉著雙眸，正一步步邁向死亡……

沈墨晗的意識陷入黑暗中，她感覺自己的身體正慢慢下墜，而她全身無力，只能任憑身子逐漸墜入深處。

她的腦中一片空白，沒有人生跑馬燈，耳朵也聽不到任何聲音，就這樣靜悄悄地墜入海底。

當她的身體碰觸到海底，海底出現一個大坑洞，強大的吸力將她吸進坑洞內，待她的身影消失於坑洞後，洞口被堵上，彷彿從沒出現過。

掉入坑洞後，沈墨晗的視力和聽力都恢復正常。

當她睜開眼，看清楚眼前的事物後，她驚呼道：「這什麼地方啊！」

地面冒出無數隻手，手伸向沈墨晗，像是在跟她索取什麼東西似的。

有的手碰觸到沈墨晗的小腿，沈墨晗頓時起了一身雞皮疙瘩，急忙將腳收回，試著施展靈力卻徒勞無功。

「無法使用靈力？」她又試了幾次，但還是無法匯集靈力。

她趕緊站起身，退到角落，避免再被無名手碰觸。

可是她錯估了一點，這個坑洞並非只有無名手的存在。

在她退到角落後，坑洞內開始迴盪哀號聲。

「救救我們吧，請救救我們……」

「我不想死，我不想死，我不想死——」

沈墨晗摀住耳朵，因為這一聲聲的哀號聲，令她聽了不禁全身顫抖，心裡油然升起恐懼。

瞥向一旁，地上堆滿白骨，堆成一座小山丘。

倏忽，她猜到自己此時身在何處。

如果她沒猜錯，她可能正處於妖魔誕生的坑洞……

ღ

意識到自己身處何處後，沈墨晗差一點昏過去。

這個坑洞充斥許多因為船難，死於大海的人們的屍體，以至於坑洞內陰氣過重，更充滿許多怨氣，對沈墨晗而言，無疑是最危險的地方。

因為是唯一的活人，她的陽氣會被吸走，陰氣會注入體內。

沈墨晗面目猙獰，她努力保持意識，想趁著自己意識還清楚的時候逃出坑洞。

然而，無論沈墨晗在坑洞內繞了多少圈，她依然都找不到出口。

唯有一條路她不曾走過，那是一條深不見底的道路，只是稍稍靠近，沈墨晗便能感受到濃烈的陰氣，促使她向後退，不敢繼續向前進。

「不管了。就剩下一條路可以走，也只能鼓起勇氣往前進了！」沈墨晗下定決心，決定邁入最後一條通道。

一走進通道，一陣陰涼的風吹來，打在沈墨晗臉上，還帶著一股腐臭味。

沈墨晗捏住鼻子，眉頭深鎖，繼續往深處邁進。

越往深處走，腐臭味更濃厚，即使捏住鼻子，惡臭仍竄入鼻腔，沈墨晗不禁懷疑自己的鼻子會爛掉。

一路走來都是一片漆黑，耳邊仍有哀號聲，腳下似乎踢到什麼東西，但因為看不到的緣故，沈墨晗選擇直接忽略。

反正眼不見為淨，什麼都看不到，那就沒什麼好怕的。

又走了一段路，沈墨晗終於看到遠處有光芒，她高興地往光芒的方向奔去。

等她來到光芒處後，她在那裡看到一個玻璃櫃。她對眼前的玻璃櫃感到熟悉，湊近一看，發現玻璃櫃內躺著的人就是林默娘！

「默娘的肉身怎麼會在這裡？是妖魔把她帶到這裡的？」沈墨晗的手一碰觸到玻璃櫃，玻璃櫃瞬間綻放出刺眼的光芒。

沈墨晗被迫閉上眼睛，再次睜開雙眼時，她的眼前出現一名穿著樸素古裝，長相清秀的女子。

沈墨晗一眼認出眼前的女子為何人——默娘。

「初次見面，沈墨晗。」默娘開口向沈墨晗打聲招呼。

沈墨晗聽到默娘叫出她的名字，她一臉訝異，「妳知道我是誰嗎？還有，妳為什麼會站在這裡跟我說話？」

默娘輕笑一聲，對於沈墨晗一股腦地拋出許多疑問感到好笑，「妳先別著急，既然我知道妳的名字，就代表我知道妳是我的轉世者。至於我為什麼會站在這裡跟妳說話，我正準備跟妳說明原因呢。」

沈墨晗也知道自己反應過度，她尷尬地笑了笑，說：「抱歉，我就是一時太過驚訝，所以才……唉呦，妳看我，我一慌張就不會說話了。」

她方才的舉止太過魯莽，不知道默娘對她的第一印象會不會大打折扣。

默娘卻是一臉平靜地說：「沒事，我知道妳也是一時之間受到驚嚇，我能理解。」她頓了一下，接著說：「接下來我會用極短的時間向妳說明我出現在這裡的原因。」

沈墨晗輕點了頭，安靜聽著默娘說下去。

「在世人的認知上，我神格化成為媽祖，但當時神格化的過程中，我的靈魂進入輪迴，意識在成為媽祖的時候卻受到妖魔的干擾，導致兩位守護神一直無法與天庭的媽祖聯繫上。靈魂進入輪迴轉世，一代又一代，接著進入妳這一代，每一代都為了降伏妖魔費盡心力，因為我的肉體被守護神們保護著，有一小部分的靈魂碎片殘留在肉體內，因此我現在才能站在妳面前跟妳說話。」

簡單來說，默娘是默娘，而媽祖是媽祖，兩個已經不能畫上等號。

「所以……妳是靈魂碎片中僅存的一小部分意識？所以當時我在密室第一次見到妳的時候，妳有看到我囉？」

沈墨晗覺得默娘很厲害，能在那麼緊急的狀況下，為後人留下一絲希望，她真的是太偉大了！

默娘挑眉，面帶著微笑，「沒錯，我現在只是靈魂碎片的其中一部分。妳很聰明呢，一點就通。」

被默娘誇獎，沈墨晗害羞地搔搔頭，「嘿嘿，謝謝妳的誇獎。被妳稱讚真是我的榮幸。」

然而，默娘卻垂下頭，長嘆一口氣，「唉——其實妳遲遲無法完全覺醒都是因為我的緣故。」

「咦？這話怎麼說？」沈墨晗感到很困惑。

為什麼她無法完全覺醒是因為默娘呢？

默娘用手指指向自己，「因為妳的轉世不完全，才無法完全覺醒。但，如果我消失的話，妳就能完全覺醒了。」

沈墨晗先是高興了一下，但當她仔細思考後，卻又皺起眉頭，「妳說消失的意思，是指……」

「我的肉身會徹底消失在這個世界上，不過，妳也別太擔心，世人仍會記得我，我只是真正離開這個世界罷了。」默娘雲淡風輕地說。

「這樣的話洛學長他們會傷心的。還有于隱，于隱他一直以來都看著妳，他會想跟妳道別的。」沈墨晗不希望默娘為了自己做出犧牲。

默娘淺淺一笑，走到沈墨晗面前，伸手摸了摸她的頭，「妳真的很善良，不過我相信千跟風他們沒問題的。只要妳完全覺醒，將妖魔降伏後，他們便可以與媽祖見面。至於于隱，我想他現在最擔心的人不是我，是妳才對。」

沈墨晗還是很不安，她很希望默娘可以再和于隱見上一面。

默娘看破沈墨晗心裡的想法，她搖了搖頭，緩緩道來，「我跟于隱的關係很單純，何況我已經是靈體，不久後就會消失，反倒是妳，只要我進入妳的體內，妳就能完全覺醒，如此一來，妳也能發揮真正的力量，並離開這個坑洞。」

「沒時間了，蓮花胎記已經快要徹底凋謝，不能再猶豫不決了。」

跟默娘相處後，沈墨晗終於能明白洛氏兄弟和于隱，乃至於過去那些村民，他們為何會如此喜歡默娘。

默娘她很溫柔，也很理性，而且行事果斷，不像她……很容易受到周遭的影響，無法在短時間內做出決定。

「真的只有妳消失，我才能完全覺醒嗎？」

「是。除此之外，別無他法。」默娘眼神堅定地說。

在最後，沈墨晗還有一個問題想問，「妳消失之後會到哪裡去？」

默娘靦腆一笑，語氣平淡地說：「我將回歸大海，因為我喜歡大海。」

沈墨晗抿了抿唇瓣，內心仍感到極為不捨。然而，既然默娘都能下定決心，為了大局犧牲自己，那她還有什麼理由繼續猶豫下去。

沈墨晗深吸一口氣後，果斷地說：「我答應妳，我一定會消滅妖魔！」

聞言，默娘欣慰地看著她，語氣輕柔地說：「墨晗，大海的和平，就交由妳來守護了。」

「好！」她答應默娘，她一定會將妖魔降伏，恢復大海的和平。

默娘的身體開始冒出光芒，她變成一道光，進入沈墨晗體內。

當那道光進入沈墨晗身體後，沈墨晗的轉世正式完成。她的血液快速流竄於全身，她的體內湧現出一股力量，將她全身的經脈開通。

沈墨晗很明顯感受到體內靈力的不同，更加飽滿，更加具有威脅性。

她將靈力匯集於手心，這次成功施展出靈力，威力更勝以往。

「原來這就是完全覺醒之後的力量嗎？」她開始恢復體力，身體的疲勞感盡失，充滿活力。

她想起當時訓練的時候，洛千教過她一招靈力的使用方式。

「靈力強大的人，是可以自由穿梭在每個空間，可以隨意來往於各地。只要讓靈力在體內不停流竄，在心裡想著目的地，想法越強烈，就越能夠做到。」

她閉上眼，心裡想著于隱。

「請讓我回到于隱身邊吧！」

沈墨晗的身子冒出刺眼光芒，待光芒消散，她的身影已然消失得無影無蹤……

第八章－來世，與你再次相遇

沈墨晗的意識消失後，洛氏兄弟看到妖魔手中的沈默晗陷入昏迷，憤怒蒙蔽了他們的雙眼，促使他們不顧一切地向妖魔的方向飛去。

妖魔伸手擋住洛氏兄弟的攻勢，勾起唇角，「你們不管沈墨晗的死活了嗎？還敢繼續靠近？」妖魔縮緊抓著沈墨晗脖子的手。

只見沈墨晗的身軀微微顫抖了一下，她下意識發出哀鳴，眉頭緊皺。

「可惡。」

看到這一幕，洛氏兄弟不得不向後退，如果繼續發動攻擊，不只是浪費靈力，妖魔也有可能一氣之下就捏斷沈墨晗的脖子。

「只要沈墨晗在我手中，你們就別想對我發動攻勢……」

「誰說我在你手中呢？」

沈墨晗的聲音突然出現在妖魔上方。

眾人一致朝著妖魔上方看去，原本應該被妖魔捏住脖子，奄奄一息的沈墨晗，此刻竟然已經從妖魔手中脫逃，並出現在妖魔的正上方！

「墨晗！」

洛氏兄弟異口同聲說道。

他們的臉上露出喜悅的神情，深鎖的眉頭也舒展開來。

一眨眼的功夫，沈墨晗又瞬間移動到洛氏兄弟身旁。她莞爾一笑，張開臂膀，抱住他們，「對不起，讓你們擔心了。」

洛千拍了拍她的背，語帶哽咽地說：「沒事就好，妳沒事真是太好了……」

然而，洛風卻先注意到沈墨晗靈力的變化，「墨晗，妳的靈力怎麼……」他不敢置信地望著她，因為她身上蘊藏的靈力已經遠遠超過他跟洛千。

「沈墨晗，妳的靈力怎麼變得如此旺盛，妳到底做了什麼！」妖魔氣急敗壞地大吼道。

沈墨晗面帶著笑容，泰然自若地回答，「我沒做什麼，只是完全覺醒罷了。我要感謝你，若不是因為你，我不可能會遇到默娘，也不可能完全覺醒，這都是多虧你呢，墨誠。」

「妳見到默娘了？」洛氏兄弟都露出訝異的神情。

沈墨晗不疾不徐地說：「是啊，我還跟她聊得很起勁呢。」

妖魔一氣之下，開始瘋狂地對沈墨晗一行人發動攻擊。

面對妖魔的攻擊，沈墨晗從容地張開術式，妖魔的攻擊就這樣被擋了下來。

與尚未完全覺醒時的狀況不同，這次，沈墨晗已經可以獨自擋下妖魔的攻擊了。

「我已經不再猶豫，我下定決心，這次一定要徹底消滅你，妖魔！」沈墨晗的自信大增，她一連施展好幾個術式，盡數打向妖魔。

不僅如此，她移動的速度也大幅提升，她與妖魔在空中交戰，兩個人打得激烈，眾人只看到空中兩道殘影在移動，無法精確看到兩個人的身影。

「風，我們有機會獲勝！」洛千的嘴角不自覺上揚。

洛風微微頷首，臉色也輕鬆不少，「有機會，我們有機會將妖魔降伏了。」

他們倆也飛往沈墨晗和妖魔的所在之處，加入攻擊的行列。

妖魔也明顯感受到沈墨晗靈力的差異，他在對付沈墨晗時就已經顯得吃力，洛氏兄弟及其他神將又加入戰局，他的情況處於弱勢，臉色更加凶狠。

「可惡、可惡，為什麼會覺醒？那狡猾的默娘，都已經死了，竟然還敢來攪局！可惡、可惡……」

妖魔嘴裡不停咒罵著，施展術式的手也沒有停下。

沈墨晗他們占有人數上的優勢，又因為沈墨晗現在靈力充沛，匯聚靈力的速度也比之前來得快速，因此，妖魔的身上漸漸多出了傷疤。

「洛學長，在我發動攻勢的時候，你們趁機繞到他身後，封鎖他的行動，如此一來就可以抓住他了。」沈墨晗透過腦波將訊息傳遞給洛氏兄弟。

洛氏兄弟沒有回話，但是他們都知道該怎麼做。

趁著沈墨晗對妖魔發動攻勢，妖魔分身乏術之時，洛氏兄弟照著沈墨晗的指示，繞到妖魔身後，洛風釋放出雷電，洛千則以靈力建構出一個光牢籠。

洛風釋放的雷電打到妖魔身上，他蜷曲身子，洛千抓準空檔，將牢籠從妖魔上方放了下去。

被光芒圍繞的妖魔，痛苦地在牢籠中打轉，不停發出刺耳的哀號聲。

沈墨晗停止發動攻勢，但她的雙眼仍緊盯著妖魔，完全不敢大意。

妖魔被困在牢籠中，無法逃脫，眾人見到這一幕，大聲歡呼。

「終於，終於抓到他了！」

「妖魔終於被抓到了，哈哈——這樣天界跟人界就有救了。」

沈墨晗終於能夠放鬆戒心。就如神將所說的，真的是終於啊！

為了抓住妖魔，他們使盡全力，有許多神將都受了傷，再加上之前妖魔肆虐造成的傷亡，實在有太多人因為他而喪命。

今天抓住妖魔，真的是為天界以及人界了除一大禍害。

沈墨晗的視線看向遠方的于隱，他已經可以坐起身子，坐在她建構出的空間，向她招手。

沈墨晗也向于隱揮手，她並沒有立刻飛到于隱身旁，在那之前，她有更重要的事要先處理。

她走到妖魔面前，此時的妖魔垂頭喪氣地坐在牢籠內，因為試圖撞破牢籠，身上帶有擦挫傷，上頭冒著血絲。

「妖魔，你已經無處可逃，你還有什麼話想說嗎？」

妖魔冷笑一聲，「呵，沈墨晗，妳還是直接將我降伏，給我來個痛快吧。」

「哦，是嗎？」沈墨晗的臉色沉了下來，她淡淡地說：「那……能讓我再見墨誠一面嗎？」

「我為什麼要依照妳的指示行事？」

「請你讓我見墨誠最後一面。」沈墨晗對著妖魔放低姿態，在消滅妖魔之前，她很想再跟沈墨誠見面。

兩人相處了這麼長時間，是家人，情誼不是說忘便能忘卻。

妖魔的身子微僵，慢慢地，他身上的火焰退去，沈墨誠出現在她的眼前。

「姐。」沈墨誠低喚一聲。

沈墨晗蹲下身，揚起一抹淺淺的笑意，「這一世，我們無法成為真正的姐弟，下輩子，希望我們能成為真正的家人。」

沈墨誠垂下眼瞼，不發一語，神情看起來很沮喪。

沈墨晗看他默不作聲，心一狠，決定不再搭理他。即使如此，在她的心中，仍保有沈墨誠善良又體貼的一面。

她站起身，緩緩走向于隱，來到于隱面前，傾身抱住他。

于隱愣了一下，驚訝地說：「墨晗，妳……」

「于隱……我也喜歡你。」沈墨晗說完後，臉蛋、耳根子都染上紅暈。

于隱輕笑了笑，捧著她的臉，在她的唇上蜻蜓點水般地落下一吻，「墨晗，我要妳記得，我喜歡的人是妳，絕無他人。」

「嗯。」沈墨晗嬌羞地點了點頭。

因為害羞，她根本不敢抬頭正視于隱的眼睛。

「墨晗，希望來世，我能夠再次與你相遇。」

然而，幸福的時光極為短暫。

于隱的話才剛說完，他突然用力推開沈墨晗，將她推到一旁。

沈墨晗尚未搞清楚于隱為何推開她，她便看到一把冒著熊熊火焰的長棍射穿于隱的腹部。

她的瞳孔瞬間放大，恐懼爬上臉蛋，幾近崩潰地大喊，「于隱——」

「于隱——」

沈墨晗也不管自己的姿勢有多麼醜陋，她一心向著于隱，連滾帶爬地來到于隱身旁。

鮮血不斷從于隱腹部的傷口湧出，沈墨晗伸手按住傷口，想要減緩出血量，但是鮮血完全止不住，于隱的周圍已經滿是鮮血，沈墨晗的衣服也染紅了一大片。

「墨、墨晗……」于隱虛弱地喚了她一聲。

「你現在不要說話！你需要靜養，我會把你救活的，一定會的！」沈墨晗不希望于隱再浪費體力。

她將自己的靈力輸送給于隱，她開始後悔沒有學習治癒的術式，倘若當初能夠早一步進行訓練，或許她能夠發揮更多力量，能更快打敗妖魔，也能在于隱受傷時及時幫她復原，如此一來……她也不會像現在這般無能為力。

即使有再多靈力，也趕不上失血的速度。

于隱的臉色毫無血色，洛氏兄弟再次制伏妖魔後，也急忙趕了過來。

「墨晗學妹，于隱他……」洛千的話說到一半，因為他發現沈墨晗根本聽不到他的聲音。

她正專注地治療于隱的傷口，想要趕上失血速度。可是沈墨晗方才已消耗大量的靈力，想要追上失血速度，簡直是困難重重。

「墨晗……我知道我自己的狀況，妳別浪費靈力……去休息吧。」于隱緩緩抬起手，掌心貼著沈墨晗的臉頰。

此時的沈墨晗早已淚流滿面。她吸了吸鼻子，任由淚水滑落臉龐，落入血泊當中。

沈墨晗哭得上氣不接下氣，治療的速度也逐漸放緩。

「我、我救不了你……于隱，對不起，真的很對不起！」沈墨晗哭著向他道歉。

明明她已經是完全覺醒的狀態，但是她還是無法救回于隱，就只能眼睜睜看著于隱的身體逐漸冰冷，身子越發虛弱。

有擅長治癒的神將在于隱身旁蹲了下來，然而，只治療幾分鐘的時間，神將便收起靈力，對著沈墨晗搖搖頭，「身體受傷過於嚴重，雖然能用靈力止血，但……怕是撐不了多久。」

沈墨晗憤恨地站起身，快步走到妖魔面前，大吼道：「你為什麼學不會教訓？都已經被抓了，你還要反抗，還傷害于隱，你到底為什麼要這麼做！」

妖魔冷笑一聲，「妳對一個妖魔講道理有用嗎？當初我原本可以比默娘早一步成為海上守護神，就算我是從人類怨念誕生的妖魔，我仍有機會藉由累積功德轉變成神明，可是默娘卻搶了我的工作，人類都在感謝她的付出，卻不知道我也默默維持海中和平。」他頓了一下，「既然人類不知感恩，那我乾脆就成為妖魔該有的模樣，怎麼，會覺得我很可憐嗎？不，我一點也不可憐，因為這是我自願的，我甘願受到萬人唾棄、厭惡！」

「你就因為這點理由所以傷害了這麼多人？」沈墨晗難掩憤怒。

她在近距離的情況下攻擊妖魔，即便現在妖魔是以沈墨誠的模樣出現在她面前，她也毫無同情心。

被憤怒沖昏頭的她，一心一意想盡快將妖魔消滅。

「墨晗，妳冷靜點，我們不能在這裡將他消滅，將他帶回天庭之後，他會得到應有的懲罰。」

「為什麼不行？我不是最有資格消滅他的人嗎？我現在就將他消滅，大家不也可以鬆一口氣了？」沈墨晗已經瀕臨失控狀態，于隱為了救她而受重傷，她恨不得在這裡消滅妖魔，好緩解自己內心的憤怒。

洛風擋在沈墨晗面前，防止她攻擊妖魔，「墨晗，我們得照規定，妖魔必須送往天界進行處置，我們沒有資格在這裡消滅他。」

「呵，我因為轉世者的身分吃盡苦頭，好不容易能夠親自為我們沈家詛咒畫下句點，你現在卻跟我說不能消滅妖魔，因為要將他送往天庭處置？笑話，所有好處都被天上的神明占有，我吃的苦都白費了？」沈墨晗嘲諷道。

她努力了這麼久，于隱也為了保護她拚盡全力，甚至受重傷，到最後，動手消滅妖魔的人卻不是他們，而是坐擁天庭的神明。

洛風蹙眉，不同意沈墨晗地說法，「墨晗，話不能這麼說。天界有天界的規矩，就像人類世界有法律存在一樣。天界無法完全干涉人界秩序，人類同樣無法違抗天界規矩。」

洛風說的道理對如今的沈墨晗而言，只覺得一切都是藉口。

她現在一心想著要除掉這令她厭惡至極的存在，若她早點狠下心滅了妖魔，于隱此刻也不會是奄奄一息的狀態。

「洛風，你不要再阻止我了，你現在說再多我都聽不進去。我只知道妖魔傷了我喜歡的人，我要他從我眼前徹底消失！」沈墨晗發動術式，無視洛風仍站在她面前，便要將術式打向妖魔。

當她正準備拋出術式，倏忽，有人從後方抱住她，接著，于隱的聲音出現在她耳邊。

「墨晗……收手吧。不要為了我與天庭抗衡……拜託妳了。」

沈墨晗的手懸在半空中，掙扎許久，最終還是收起術式，將手放下。

「于隱……你不恨他嗎？不，你恨我嗎？」沈墨晗低聲詢問道。

于隱的身子慢慢滑落，沈墨晗急忙轉過身抱著于隱並坐到地上。

即使身受重傷，于隱的臉上仍帶著笑容，沈墨晗知道，他是為了不讓她擔心才會強撐著身子，勉強自己。

一想到這點，她的眼睛酸澀，淚水在眼眶中打轉。

于隱搖搖頭，一開口，他的話語輕柔得彷彿沒有重量，「我怎麼可能會恨妳？墨晗，遇到默娘前……我其實不知道自己生命的價值是什麼，所以我才會刻意靠近岸邊，不小心擱淺，險些喪命。若不是有默娘救助，我可能早就死了。也因為認識默娘，我才漸漸感受到……原來，我的生活可以如此有趣，我竟然會如此期待一個人的出現。

在默娘與妖魔對峙時受了傷，最後因為靈力耗盡而喪命。當時我沒有力量，什麼事也做不到，只能眼睜睜看著默娘離開人間，我卻只能躲到深海避難。從那時起我便下定決心，我要為了保護我重視的人而變強，我要成為能夠保護她的存在。現在，我找到那個人了……就是妳，墨晗。」

沈墨晗的淚水滴落在于隱的臉龐，她哽咽地說：「我、我才不需要你保護，我只要你好……好活著，我不要你受傷啊……」

于隱無奈一笑，「墨晗，妳什麼時候變成愛哭鬼了，嗯？」

「對啦，我就是愛哭鬼，你有意見嗎？」沈墨晗佯裝生氣地說。

現在的場面根本不適合開玩笑，于隱也只是想逗她，他不想看到沈墨晗流淚的模樣。

「只是開點玩笑，想讓妳……咳咳……」于隱開始猛烈咳嗽，甚至咳出血來。

沈墨晗一見到于隱咳血，她越發慌張，「于隱、于隱，你要堅持住，你不能死！」

「誰來救救他，拜託你們救救于隱，他是龍王的兒子，他不該命絕於此，你們救救他啊！」沈墨晗向著眾神將嘶吼道。

然而，于隱的氣息卻越來越虛弱，他的眼神也逐漸渙散，意識漸漸消失。

他很清楚自己的傷勢嚴重到無法修復的地步，他的時間也不足以讓他多陪伴沈墨晗了。

「墨晗，下輩子……如果我轉世成人，我會去找妳。下輩子找不到，那就下下輩子，我、我一定……一定會找到妳的。」于隱用最後的力氣向沈墨晗許下承諾。

沈墨晗的身軀不停顫抖。她閉上雙眼，在內心不斷說服自己要放下于隱，她要笑著送于隱離開。

於是，她狼狽地抹去臉上的淚水，牽起嘴角，露出一抹燦笑，「好，我等著。我們一定會再見的。」

于隱的身體開始綻放光芒，沈墨晗驚覺手上的重量減輕，她也漸漸碰觸不及于隱的身體。

不久，于隱的身體在她眼前消失，化做一道金光，消失在海中。

他……終究還是離開她了……

頓時，沈墨晗想起當初與于隱第一次見面的場景。

在她第一次遇到妖魔時，是于隱出手拯救她。

她想，或許在她出生時，在她的成長階段，在她還不認識于隱的時候，于隱便已經在暗中守護著她。

于隱之於沈墨晗，不光是愛慕的對象，更是她人生中的一位守護神。

「于隱，願來世能與你再次相遇。下次，換我保護你……」

最終，妖魔被送往天庭接受審判。過沒多久，洛氏兄弟便向沈墨晗傳遞妖魔被消滅的消息。

妖魔被消滅後，沈墨晗左手臂上的蓮花圖騰也隨之消失。

盯著左手臂，那裡已經看不到奇特的蓮花圖騰，內心莫名有股空虛感，感覺一切都很不真實。

前陣子，她還在擔心自己的生命步步邁向終了，擔心自己無法順利消滅妖魔。現在，她卻很想念那段辛苦的時光。

過程既辛苦且痛苦，但是，那卻是她此生最難忘的時光。

妖魔消失後，沈墨誠的存在也徹底從沈家人的記憶中抹除，除了沈墨晗之外，其他家人都不記得沈家曾經有沈墨誠這號人物。

彷彿世界上從未有沈墨誠這個人一樣。

洛風說，這是因為沈墨誠本就不是人類，是他刻意竄改人類的記憶，讓人們誤以為真有這個人的存在。現在妖魔被消滅，被竄改的記憶也恢復正常。

在降伏妖魔那一天，沈墨晗拖著疲憊的身軀回到租屋處。她一進入房間，一手抓過書桌上的筆記本，將筆記本撕毀。

這本寫滿遺言的筆記本，對她來說，已經成為垃圾，留下來也只是徒增悲傷罷了。

翌日她便回到沈家，沈墨誠的房間變成一間儲藏室，沈墨晗站在儲藏室的外頭，整整一個多小時。

記得以前，她很喜歡不經沈墨誠同意就推開他房間的門，探頭進去瞧瞧他在做些什麼，她還因此被沈墨誠責備。如今，這裡的一切已經不復存在了。

在那之後，洛氏兄弟終於聯繫上天庭的媽祖。沈墨晗記得很清楚，當時洛風在與媽祖對話時，甚至流下眼淚，洛千也激動得痛哭流涕。

她也是在那時見到了海上的守護神——媽祖。

媽祖與默娘有著相同的面容，但默娘說過，人類的默娘與神格化的媽祖已經成為兩個不同的存在。即使擁有同樣的臉孔，卻已經不是默娘。

媽祖誠摯地向沈墨晗道謝，感謝她保護人界的安定。

沈墨晗感到受寵若驚，她不停推辭，認為這一切都是有神將以及洛氏兄弟們的幫忙她才能辦到。

在那之後，沈墨晗身為轉世者的任務也結束了。洛氏兄弟也回到天庭陪伴媽祖，何況他們在天庭本就有任務在身。既然在人間的任務完成，也重新聯繫上媽祖，他們自然得回到天庭。

妖魔被消滅，沈家的詛咒被破解，沈墨晗終於能盡情享受她的大學生活。還記得一踏入大學校門不久，她就被告知自己是媽祖的轉世者，也得知自己所剩的時間不多，若不消滅妖魔便無法活下來。接著就開始進行特訓，完全沒有心思讀書。事件結束後，她拚命讀書，想藉由讀書填補自己空虛的內心。

兩年後，洛氏兄弟重返人間。他們消失的這兩年，他們的存在也被抹除。每當沈墨晗不經意提起洛氏兄弟，身旁同學都會以怪異的眼神看著她。

「洛千、洛風？我怎麼不記得我們學校有這兩位學長。」

被同學一提醒，沈墨晗才驚覺自己不小心說溜嘴。

洛氏兄弟的存在已經從S大同學們的記憶中刪除，如今的校園男神也被新的男同學取代。

話雖如此，在沈墨晗心裡，洛氏兄弟依然是她的校園男神。當然，這句話她不可能說出口，若是被他們聽見了，洛千會太自傲的。

回到人界的洛氏兄弟，不再進入校園，而是選擇在其他領域發展。

洛千被演藝公司相中，成為模特兒，成為許多品牌的代言人。

最令人印象深刻的，便是墨鏡了。

許多人都說，洛千戴上墨鏡的魅力，能夠透過電視機、廣告看板傳遞給他們。

沈墨晗聽了只能無奈傻笑，因為她知道洛千的身分，她覺得一個好端端的神明成為螢光幕前的新寵兒，想來便覺得有趣。

至於洛風，他選擇到大學擔任教授。

沈墨晗見到他的次數比見到洛千還多。原因無他，洛風成為她其中一堂必修課程的講師，每次去上課，沈墨晗都會見到他。

她甚至懷疑洛風根本就是故意的，故意選擇教授這個行業，還偏偏成為台文系教授，這根本就是想要找她麻煩嘛。

七年後——

七年過去，沈墨晗從研究所畢業，也考上正式教師。

她順利錄取K市的正式教師，也很幸運的分發到故鄉進行授課，在C區某間小學擔任老師。

這一天，她向台下的學生分享一則故事，故事說完後，不用她詢問，同學們便踴躍舉手發問。

「老師，這個故事是真的嗎？應該不是吧，不太符合現實耶。」

「老師，為什麼妳說的故事跟我聽過的媽祖故事不太一樣？是老師自己編的嗎？」

「老師快點告訴我們嘛，不要再賣關子了。」

沈墨晗先安撫學生們的情緒，「同學們，你們先冷靜下來，你們這樣一直提問，老師要怎麼替你們解答呢？」

語畢，教室內瞬間靜了下來，原先鬧哄哄的氣氛也平靜許多。

「剛才告訴你們關於媽祖的故事，確實是編造出來的。不過，還是有一小部分是真實的哦！」

「哪個部分？」有學生舉起手問道。

沈墨晗淺淺一笑，「關於媽祖是海上守護神的部分。」

沒有聽到滿意回答的同學們，臉上紛紛露出失望的神情。

「蛤——我還以為是更勁爆的真相咧。沒想到竟然這麼無趣。」

「對啊，我還以為老師會說媽祖是真的存在於這個世上，結果老師竟然回答了一個我們早就知道的問題。」

沈墨晗無奈地搔搔頭，「現在的小孩都缺乏想像力嗎？」她在心裡抱怨道。

她怎麼可能會對學生說，方才她說的媽祖故事是她的親身經歷，他們聽了，或許還抱怨她說謊呢。

然而，沒有說出口也是好事。畢竟，這是屬於她的特殊回憶，是她想一輩子保存的寶藏。

「老師，我有問題。」有位女同學舉起手發問。

沈墨晗挑眉，「芸禧，妳有什麼問題呢？」

被沈墨晗點名後，芸禧說出她的問題，「老師，妳剛才說的故事有名字嗎？我想知道故事的名字是什麼。」

這個問題沈墨晗倒是沒想過。她偏頭思考片刻，最後，腦中浮現出一個名字。

「墨娘，墨水的墨，娘親的娘，是我自己編造出的故事哦。」

曾經的她，不希望被當作默娘的替代品，因此，她不喜歡洛氏兄弟以「默娘」稱呼自己，因為默娘的名字，是屬於默娘的。

現在，她也為自己前半段人生找到屬於它的名字——墨娘。

這兩個字意義非凡，這代表著她曾經與妖魔戰鬥，與洛氏兄弟並肩作戰，和于隱相戀。

她與于隱必定會再次見面，因為他們約定過，來世，將再次相遇。而他們倆，註定會再次愛上彼此。

或許需要花上好幾世的輪迴他們才能夠見到彼此，但是她願意等，就像于隱等了她這麼多年一樣。

無論花上多長時間，無論他們彼此變成什麼模樣，她都會找到他，他也會再次出現在她的面前。

她是沈墨晗，作為默娘的轉世者誕生於世，擔起保護人間和平的重責大任。

當時，她被人稱作——墨娘。

釀奇幻83　PG3119

墨娘

作　　者　摸西摸西
責任編輯　邱意珺
圖文排版　陳彥妏
封面設計　嚴若綾

出版策劃　釀出版
製作發行　秀威資訊科技股份有限公司
114 台北市內湖區瑞光路76巷65號1樓
電話：+886-2-2796-3638　傳真：+886-2-2796-1377
服務信箱：service@showwe.com.tw
http://www.showwe.com.tw
郵政劃撥　19563868　戶名：秀威資訊科技股份有限公司
展售門市　國家書店【松江門市】
104 台北市中山區松江路209號1樓
電話：+886-2-2518-0207　傳真：+886-2-2518-0778
網路訂購　秀威網路書店：https://store.showwe.tw
國家網路書店：https://www.govbooks.com.tw
法律顧問　毛國樑　律師
總 經 銷　聯合發行股份有限公司
231新北市新店區寶橋路235巷6弄6號4F
電話：+886-2-2917-8022　傳真：+886-2-2915-6275

出版日期　2024年11月　BOD一版
定　　價　320元

讀者回函卡

Printed in Taiwan

國家圖書館出版品預行編目

墨娘/摸西摸西著. -- 一版. -- 臺北市：釀出版,
2024.11
面； 公分. -- (釀奇幻；83)
BOD版
978-626-412-026-5(平裝)

863.57 113016517